KB148179

자격증 33개로
육아하는 엄마 이야기

핫세 언니의
자격증 육아

이론편

핫세 언니의 자격증 육아 [이론편]

초판인쇄	2020년 06월 17일
초판발행	2020년 06월 22일

지은이	김영희
발행인	조현수
펴낸곳	도서출판 더로드
마케팅	최관호
IT 마케팅	조용재
디자인 디렉터	오종국 Design CREO

ADD	경기도 고양시 일산동구 백석2동 1301-2
	넥스빌오피스텔 704호
전화	031-925-5366~7
팩스	031-925-5368
이메일	provence70@naver.com
등록번호	제2015-000135호
등록	2015년 06월 18일
ISBN	979-11-6338-081-8-03810

정가 15,800원

자격증 33개로
육아하는 엄마 이야기

핫세 언니의
자격증 육아

이론편

Hasse's license childcare

김영희 지음

도서
출판 **더 로드**
The Road Books

"모든 엄마는 아이와 함께 성장할 수 있다"

몇 년 전 우울증을 앓고 있던 엄마가 두 아이를 안고 투신했다는 기사를 보았다. 경제적으로 어려움을 겪고 있던 엄마가 9살, 5살 아이를 안고 아파트 옥상에서 떨어져 모두 사망했다는 내용이었다.(2013.3.12. KBS 뉴스, 홍성희 기자)

엄마의 심정이 어땠을지 상상하기 어렵다. 오죽했으면 그랬을까. 아이들은 무슨 죄로 일찍 생을 마감했을까. 두 가지 생각에 마음이 힘들었다.

과거의 나 역시 세상을 제대로 알지 못하고 나를 이해하지 못해서 잘못된 선택을 했었다. 중증 우울증과 불안장애를 앓으면서 스스로 생으로 마감하려 했던 나는 이후 아이와 배움은 놓을 수 없었다. 육아와 배움에 더욱더 악착같이 매달렸다. 악착같이 살아내고 내가 내린 결론은 엄마라면 꼭 취득해야 할 자격증이 있다는 것이다. '나 자격증'과 '아이 자격증'이 그것이다.

엄마가 자신에 대해 알지 못하면 세상을 제대로 살아낼 힘을 잃는다. 엄마가 자녀에 대해 제대로 알지 못하면 아이를 잘못된 방법으로 양육하기 쉽다. 엄마라면 내 아이에 대해 얼마나 알고 있는지 스스로 평가해야 한다. 아이가 받아오는 성적표를 확인하기 전에 자신이 아이에게 몇 점짜리 엄마인지 스스로 평가해 보자. 60점이면 통과할 자격증 시험에서 40점 과락은 아닌지 객관적으로 판단해 보길 바란다.

학습 코칭과 부모교육을 하면서 책을 써달라는 요청을 받았다. 말로 안내했던 것들이 글로 옮겨지고 책으로 엮어진다면 필요한 순간마다 적절하게 쓰일 거라는 생각으로 책을 쓰기 시작했다. 단 한 사람에게라도 도움이 될 수 있다면 좋겠다는 마음으로 썼다.

"아이를 참 잘 키우셨어요! 어떻게 그렇게 키웠어요?"

내가 자주 듣는 말이다. 잘 키우고 싶었다. 정말 내 아이 하나
는 잘 키우고 싶었다. 예의 바른 아이로 키우고 싶었고 자신이
잘하고 좋아하는 일이 무엇인지 알고 시간을 행복하게 쓰는 아
이로 키우고 싶었다.

아이와 내 삶에는 언제나 책이 있었다. 처음부터 지금까지 책
이 우리를 지탱할 수 있게 해주었다. 함께 읽고 나누는 시간이
무척 즐거웠다. 무엇을 하든 책으로 시작했다. 무엇을 배우든
먼저 책을 찾았다. 책에서 읽은 내용을 실천하면서 세상을 알아
갔다.

아이가 자라서 초등학생이 되었을 때도 학교 공부를 위해서
동화책을 읽었다. 한글 독서는 물론이고 동화책으로 영어를
공부했다. 수학을 힘들어해서 수학 동화를 먼저 읽게 했다. 한
국사 만화와 과학 동화를 읽고 어렵지 않게 사회와 과학을 공
부했다.

세상의 요구에 맞춰 아이를 키우지 않으려고 노력했다. 아이를 지켜보고 따라가 주며 키웠다. 아이가 무엇을 할 때 행복해하고 어떤 것을 하며 시간을 보내는지 지켜봤다. 좋아하는 일을 하며 행복하게 살기 위해서는 어떤 과정이 필요할까 고민했다.

내 길을 고민하는 동시에 아이와 함께 가는 길도 고민했다. 엄마로서가 아니라 한 사람의 여성으로서 흔들리며 나의 길을 찾았다. 내가 겪은 우여곡절이 나에 대한 이해가 부족하고 세상에 대한 잘못된 관념 때문이라는 것을 알았다. 그것을 깨닫는 순간 조금 더 적극적으로 배우기 시작했다.

아이에게 어떻게 배워야 하는지를 알려주는 것이 가장 큰 육아 이슈였다. 어떻게 배워야 할지를 알면 아이는 스스로 길을 찾는다. 좋아하는 일을 하며 행복하게 살기 위해 어떤 것을 배워야 할지는 늘 숙제였다. 평생 배우며 살아갈 우리가 각자의 배움을 통하여 어려움을 극복하고 자신만의 길을 찾길 바란다.

아무것도 남지 않았을 때 내가 선택했던 것은 배움이었다. 배움은 가슴을 뛰게 했다. 다시는 크게 요동치지 않을 것 같던 내 심장을 뛰게 했고 다시 살고 싶게 했다. 배움은 사람을 살린다. 사람과 교육에 대해 알게 해주었고 어떻게 가르치고 배워야 하는지 알려주었다. 세상을 배우는 동시에 나에 대해서도 배웠다. 모든 배움은 헛됨이 없다.

아이와 함께 과거에서 현재의 삶으로 넘어오며 많은 일을 겪었다. 마음의 감기를 혹독하게 앓으며 차라리 죽는 게 낫겠다고 생각할 만큼 힘들었다. 인생이 뿌리째 흔들릴 때도 배움과 육아는 놓지 않았다. 더욱더 꽉 움켜쥐었다. 아파 본 엄마가 더 잘 키운다고 생각한다. 흔들리지 않고 피는 꽃이 어디 있겠느냐는 마음으로 아이를 키웠다. 실패를 거듭할수록 성공에 가까워진다. 우울증을 극복한 엄마에게 아이가 말했다.

"엄마가 내 엄마라서 정말 좋아요. 엄마가 자랑스러워요."
이 말 한마디면 충분하다. 아이에게 존경받는 엄마라면, 잘 살아왔다고 확신할 수 있다. 친구 같고 때로는 엄마 같은 첫아이는 나에게 스승이기도 하다. 아이를 키우며 많은 것을 배웠다. 육아가 나를 살렸다. 나는 육아를 통해서 자기 계발을 했다. 나도 괜찮은 사람이라는 확신을 얻었고, 무엇이든 할 수 있다는 자신감도 얻었다. 아무것도 남지 않았을 때도 배우고자 했고 또 나누고자 했다. 그래서 이 책을 썼다. 책을 쓰면서 또 배웠다.

　아프고 흔들리며 육아하는 대한민국 엄마들에게 이 책을 바친다.
　감사한 마음과 사랑을 전한다.

2020년 6월

저자 김영희

"저자를 만난 아이들과 부모는 행복할 것 같다"

저자와 나는 독서 모임에서 만났다. 두 딸을 키우면서 일을 하는 가운데 틈틈이 책을 읽고 독서 모임을 하는 모습을 보며 의식 있는 엄마라는 생각을 했다. 나도 아이를 키웠고, 키우고 있으며 육아와 관련된 책을 출간했다. 저자와 나는 완전히 다르다. 세대가 다르고 열정이 다르고 접근통로가 다르다. 내가 만난 아이는 상처받고 사랑받지 못하고 학대를 경험하여 부모와 분리된 아이들이라면 저자를 만나는 아이들은 일반적인 가정에서 성장하는 아이들이다. 그 아이들에게 어떻게 하면 재미있게 배우고 경험하고 생각하게 할 수 있을까를 고민하며 다양한 시도를 했다. 33개의 자격증을 취득하여 아이를 키우고 학교와 학원, 그리고 도서관에서 아이들을 만나고 가르치며 경험한 이야기를 통해 엄마와 아이가 어떻게 배우고 성장해 갈 수 있는가를 이야기한다.

저자의 삶에서 배움을 덜어내면 무엇이 남을까 생각해 본다. 배우며 가르치는 일이 어쩌면 삶을 채워가는 전부인지도 모른다. 다양하게 배웠고 고정관념을 깬 다른 생각으로 접근하고 가르쳤다. 두 딸을 키웠고 15년간 교육현장에서 아이들을 만나면서 얼마나 많은 노하우를 쌓았겠는가.

만남의 축복이라는 말이 있다. 누구를 만나느냐에 따라 인생의 방향이 달라지는 데서 나온 말이다. 저자는 만나는 아이들과 그 부모들에게 만남의 축복을 만들어가고 있다. 앞으로 얼마나 더 많은 변화와 발전이 이루어질지 상상하기 어렵다. 아이를 키우는 부모라면 저자와 만나 함께 성장하고 발전해 가기를 바라는 마음으로 이 책을 추천한다.

저자를 만난 아이들과 부모는 행복할 것 같다.

즐거운집그룹홈원장, 『육아는 리허설이 없다』, 『행복의 온도』 저자 **조경희**

"아이와 함께 성장하는 엄마 이야기"

아이가 고학년이 되었음에도 여전히 내가 아이를 잘 키우고 있는 건가에 대한 의문점이 있었다. 이 책을 읽으면서 많은 궁금증이 해소되었다. 앞으로 어떻게 길러야 하는지 길잡이가 되는 책이다. 육아의 정석을 많은 엄마들이 함께 읽고 공감하고 실천했으면 좋겠다. 아파 본 엄마가 더 잘 키운다는 작가의 말이 눈물 날만큼 위로가 되고 나도 잘 할 수 있다는 용기가 생긴다.

– 동현, 래현 맘 **최은정**

이 책은 육아서이기도 하고 자기계발서이기도 하다. 엄마와 아이의 성장기이기도 해서 감동과 여운이 오래도록 남는다. 지금 한창 아이를 키우고 있는 내가 앞으로 어떤 마음과 자세로 아이를 대해야 할지를 알게 해준 고마운 책이다. 아이와 함께 성장하는 엄마 이야기가 읽는 내내 무척 힘이 되었다.

– 우성 맘 **박미림**

아이의 관심사를 공유하기 위해 시작된 행동이 자격증 취득이란 결과로 이어졌다. 아이와 함께하기 위한 기본에 충실한 행동이었다. 육아와 자기 계발, 이 두 단어를 듣고 자신 있다 말할 수 있는 사람은 드물 것이다. 힘들다 생각하는 것 자체가 그것을 어렵게 만드는 유일한 원인이라는 말처럼 이 책을 읽고 나 또한 생각과 마음을 바꿔 먹었다. 아이를 키우는 모든 부모에게 아이와 함께 성장할 수 있는 해답이 있는 이 책을 강력하게 추천한다.

- 지후, 선후 맘 **김소희**

아이들을 사랑하는 마음만 가지고 별 생각 없이 육아를 했는데 이 책을 읽고 뒤통수를 한대 얻어맞은 기분이다. 불가능할거라 생각했던 두 마리 토끼잡기. 엄마의 일과 육아를 병행하는 일, 힘들다 생각 하는 것 자체만이 그것을 어렵게 만드는 유일한 이유라는 말이 가슴 깊이 꽂힌다. 인생의 큰 가르침을 주는 고마운 책을 많은 분들과 함께 공유하고 싶다.

- 고원, 형도 맘 **최윤주**

Contents | 차례

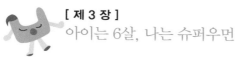

[제 3 장]

아이는 6살, 나는 슈퍼우먼

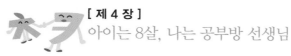

[제 4 장]

아이는 8살, 나는 공부방 선생님

Hasse's license childcare

육아하며 취득한
28개의 자격증

내가 취득한 아이클레이, 종이접기,
폼 아트, 북 아트, POP 자격증은 내 아이만을 위한
놀이 미술 시간을 가질 수 있게 해주었다.
그뿐만 아니다.
나는 이 자격증을 이용해 돈도 벌었다.

육아는 자기 계발이다

———

　　　　　나는 배가 심하게 뭉치고 딱딱해짐을 느끼고 새벽 시간에 병원으로 갔다. 덕분에 담당 의사는 자다 말고 응급 호출되었다. 나는 산소 호흡기를 하고 꼼짝없이 누워 있었다. 나의 몸을 빌려 산 지 6개월, 아이는 힘들게 버티고 있었다.

　"지금 꺼내면 아이는 살지 못해요. 그런데 지금 태아 심부전이 와서 뱃속에서 어떻게 될지 장담할 수 없습니다."

　나는 아무 말 없이 눈물만 흘렸다. 아이 아빠라는 사람은 아이는 다음에 또 낳으면 된다는 말을 위로랍시고 한다. 기가 막히고 코가 막혀서 숨을 쉴 수가 없었다. 주체할 수 없이 눈물만 흘렀다.

나는 의사의 말을 믿지 않으려고 노력했다. 그건 사실이 아니다. 아이는 내 안에 있고 불안정하기는 했지만, 심장도 뛰고 살아 움직이고 있었다. 나는 최대한 안정적으로 아이와 대화를 시도했다.

"괜찮아, 괜찮아. 엄마 여기 있어. 아가, 힘내렴."

호흡을 길게 들이마시고 내쉬며 아이의 심장이 건강하게 뛰기를 바랐다. 아이를 믿고 나를 믿었다.

몇 시간 동안 계속해서 아이의 심장박동을 확인하던 의료진은 안도의 한숨을 내쉬며 돌아왔다고 했다. 엄마가 예민해서 아이를 살렸다고 했다. 보통은 모르고 그대로 아이를 죽여 병원으로 온다고 했다. 아이는 그렇게 한 번의 고비를 넘겼다.

아이가 태중에 있을 때부터 아이의 움직임을 예민하게 살폈다. 자주 태담을 나누고 무슨 이야기를 할 때 아이가 반응하는지 살피는 것이 참 즐거운 놀이였다. 내 속에서 생명이 자란다는 것이 신비로웠다. 입덧을 하면서도 즐거웠다. 밤새 귤을 입에 달고 살았다. 버스를 타면 까만 봉지를 귀에 걸었다. 길을 걷다 갑자기 구토를 했다. 그러면서도 금방 웃었다. 입덧이 끝나고 체중 20kg이 늘었지만 괜찮았다. 입덧이 끝나서 기뻤다. 발바닥이 아파서 걷기가 힘들었다. 그래도 하루 5천 보는 걸었다. 출산을 위한 준비라고 생각했다. 지금 돌아보면 출산과 육아를 전투적으로 했구나 싶다. 아이를 낳으러 갈 때가 새벽 3시 반이었다. 양수가 먼저 터지고 진통은 없었다. 아이가 내게 온 지 9개월 만이었다. 이른 출산이었다. 당황하지 않고 머리부터 감았다. 출산을 위한 물건을 챙겨 병원으로 갔다. 3시간 진통 끝에 2.6kg의 여자아이를 낳았다. 아이가 내게 오고 나서 진짜 공부가 시작되었다.

엄마가 아이를 키운다고 생각하지만, 사실은 아이가 엄마를 성장시키는 경우가 많다. 나는 특히 육아를 하면서 많이 성장했다. 아이의 생애 주기마다 직업을 바꿔가면서 성장을 멈추지 않았다. 육아를 전혀 모르는 상황에 아이가 내게 왔고 나는 공부를 할 수밖에 없었다. 그것이 나의 육아 중 성장의 첫걸음이었다.

아이를 키우며 나는 더 적극적으로 배우기 시작했다. 내가 알고 있는 것만으로는 잘 키울 수 없다고 생각했다. 나는 아이를 키우며 필요한 지식은 자격증을 취득하는 과정에서 채웠다. 그리고 그것을 활용하면서 육아를 했다. 모든 걸 배우고 완벽하게 육아를 한다는 것은 어렵다. 내가 중요하다고 여기는 것에 집중했다. 나는 배우는 것을 중요하게 생각했다. 어떻게 세상을 배우게 할 것인가, 어떻게 하면 자신이 좋아하는 일을 하면서 행복하게 살 수 있을 것인가를 고민했다.

나는 아이가 태중에 있을 때 본격적으로 공부를 시작했다. 자기 계발 차원에서의 공부와 육아를 위한 공부를 병행했다. 어쩌면 그 둘은 처음부터 같은 것이었는지도 모른다.

태중 공부는 최고의 태교다. 내 공부 방법은 항상 설명하는 식이기 때문에 혼자 공부하더라도 계속해서 중얼거린다. 아이는 태중에 있으면서 엄마가 공부하는 소리를 듣고 자랐다. 14살 아이가 독학이 취미인 이유가 여기 있지 않을까 생각해 본다.

태중에 아이와 함께 사회복지학 학위와 보육교사 자격을 취

득한 뒤 연이어 한자 속독 지도 자격을 취득했다. 문학사 학위
와 속독 지도 자격을 가지고 인근 초등학교에 이력서를 제출했
고 3곳에서 방과 후 교사로 일할 수 있게 되었다.

24살 늦깎이 대학생의 열혈 공부와 태중에 아이와 함께한 열
정의 공부가 직업을 안겨준 셈이다. 이후 5년간 3곳의 학교에서
꾸준히 활동을 했다. 같은 과목으로 학원에서 아이들을 가르치
기도 하고 국어와 논술은 과외로 가르치기도 했다.

육아는 자기 계발이다.

내 아이만을 위한 수업이 진짜 수업으로

——

아이가 18개월이 되고부터 문장으로 말하기 시작했다. 욕실 청소를 하고 있었던 나에게 뒤뚱뒤뚱 걸어와 말했다.

"엄마, 머해요?"

"엄마, 뭐해요라고 했니? 응, 엄마 청소하지요~"
나는 아이의 첫 문장이 무척 기쁘고 반가웠지만, 평정심을 잃지 않고 차분하게 말했다.

아이는 내가 무엇을 하고 있는지 궁금했던 것이다. 내가 자주

묻던 말,

"뭐해? 뭐하고 있어요?"

아이는 엄마의 말을 배운다. 보통은 '이게 뭐야?' 라고 묻는데, 아이는 '엄마 뭐해요?' 라고 물었다.

지금 와서 돌아보니 아이는 세상도 궁금하지만, 엄마가 더 궁금했던 거라는 생각이 든다. 아이는 '엄마, 뭐해요' 라는 말을 입에 달고 살았다.

어쩌면 아이의 행동을 끌어내기 위해 내가 먼저 보여주고 100% 성공하는 결과를 낼 수 있었던 것은 아이의 그런 성향 때문인지도 모른다. 그러나 엄마가 좋고 엄마가 하는 것은 무엇이든지 따라 하고 싶은 마음은 어느 아이에게나 있다. 엄마와 애착 관계가 제대로 형성되어 있다면 말이다.

첫 문장을 만들고 얼마 지나지 않아 아이가 그어 대던 낙서도 형태를 갖추기 시작했다. 우리 집에는 큰 화이트보드가 있었는데 아이는 자주 그곳에 낙서를 했다. 아이가 두 돌이 지난 어느 날, 큰 동그라미 안에 작은 동그라미 6개를 그려 넣고는 말했다.

"우도자 치구 노라요"

운동장에서 친구들이 놀고 있다는 것이다. 이후 아이는 그림을 그리고 자신의 그림을 설명하는 것을 좋아했다. 나는 아이가 그림에 소질이 있다는 것을 발견했다.

그러나 문제가 있었다. 어릴 적부터 미술 시간을 가장 부담스럽게 생각했던 나는 그림을 잘 그리지 못했다. 각종 동물을 그려서 설명해 주고 싶고 아이가 좋아하는 것들을 그림으로 표현해서 보여주고 싶었는데 말이다. 배워야 했다.

그런데 순수미술을 배우고 싶진 않았다. 부담스러웠다. 그래서 다른 쪽으로 눈을 돌렸다. 나는 아이클레이, 종이접기, 폼 아트, 북 아트, POP를 차례대로 배웠다. 미술 분야의 특성상 시간마다 작품을 하나씩 배우는데 그때마다 나는 아이와 같은 작품을 만들었다. 아이는 무척 좋아했다. 그냥 만지고 있는 자체를 즐기는 것 같기도 했다.

아이클레이로 작품을 만드는 것은 아이의 소 근육을 발달시키는 좋은 활동이다. 그냥 조물조물 만지고만 있어도 좋다. 처음에는 도형을 만들었다. 손으로 조물조물 만지다가 클레이에 기포가 빠지면 손바닥을 이용해서 동글동글 만들었다. 아이는 신기해했다. 동그라미 모양을 정확히 만들지는 못했지만 클레이를 공처럼 던지면서 놀았다. 클레이 만들기는 아이가 제일 좋아하는 놀이가 되었다.

폼 아트 작품을 만든 첫날에는 스티로폼을 부수고 놀게 했다. 아이는 스티로폼이 소리를 내며 두 동강 나는 것을 보고 매우 즐거워했다. 내가 모양을 내어 자르고 색칠을 해서 주면 아이는 인형인 것처럼 가지고 놀았다.

내가 취득한 아이클레이, 종이접기, 폼 아트, 북 아트, POP 자격증은 내 아이만을 위한 놀이 미술 시간을 가질 수 있게 해주었다. 그뿐만 아니다. 나는 이 자격증을 이용해 돈도 벌었다.

당시 나는 학교와 학원 등에서 논술을 가르치고 있었는데 즐겁게 글을 쓰는 아이들을 거의 만날 수 없었다. 써야 하니 쓴다고 느껴질 정도였다. 쓰고 싶게 만들고 싶었다. 내가 가르치는 아이들은 대부분 초등학생이었다. 문화센터에서는 7세부터 초등 저학년까지였고 학교와 학원에서 만나는 아이들은 모두 초등학생이었다. 재밌는 글쓰기 시간을 만들 수 없을까 고민하다가 놀이 미술을 접목하면 되겠다는 생각을 하게 된 것이다.

논술 시간에 자신만의 책을 만드는 특강을 했는데 반응이 매우 좋았다. 아이들은 세상에 하나밖에 없는 자신만의 책을 만들면서 자연스럽게 글을 썼다. 각자의 개성에 맞게 종이를 접고 붙이고 이어서 책을 만들고 그 안에 글을 썼다. 그야말로 예술 작품의 탄생이었다.

이후에 나는 영어 수업 시간에 놀이 미술을 접목해서 강좌를 개설했다. 영어책을 읽은 후 등장인물을 클레이로 만들어 역할극을 하는 강좌이다. 힘든 영어 시간이 놀이 시간으로 바뀌는 마술, 나는 마술을 부리는 선생님이 되었다.

아이들 대부분이 영어와 논술 시간을 즐거워하지 않는다. 논술이라는 것은 주어진 논제에 대한 자신의 생각을 논리적으로

쓰는 것인데 아이들은 논술의 뜻조차 모른 채 배우러 온다. 초
등 논술은 사실 형식에 맞춰 글을 쓰게 하기보다는 글에 대한
저항감을 없애는 것이 우선되어야 한다.

영어는 어려운 거라는 인식이 뿌리 깊게 박혀있다. 나 또한
그렇다. 잘못된 방식으로 배웠기 때문이라고 생각한다. 나는 아
이들이 최대한 즐겁게 배울 수 있기를 바랐다. 우리가 모국어를
배웠던 방식 그대로 배우면 시간이 걸릴 뿐 어렵지 않다. 듣고
말하고 읽고 쓰는 순서대로 차근차근 하나씩 익히면 된다. 나는
아이가 문법을 가르치는 학원을 벗어날 수 있도록 허락했다. 그
때부터 영어 동화책을 읽었다. 함께 읽었다. 약간의 경쟁심도
자극했다. 클레이를 이용해 동화 속에 나온 주인공이나 사물을
만들었다. 라이스 클레이를 이용해서 책이나 음식 모양을 만들
고 실제로 먹기도 했다. 아이들은 영어 시간에 만들기를 하고
음식을 먹을 수 있어서 좋아한다. 우리는 태어나자마자 자음과
모음이 어떻게 만들어졌고 문장구조가 어떻게 만들어지는지 배
우지 않는다. 수천 번을 듣고 어느 날 갑자기 '엄마'를 말하듯
이 모든 언어는 듣는 것이 먼저다.

나는 온라인 영어도서관을 이용했다. 동화책을 듣고 말하고 읽을 수 있도록 만들어진 프로그램이다. 영어 동화책을 읽고 나면 만들기를 했다. 놀이 미술과의 융합이고 독후 활동 중 하나이다. 읽은 후 가장 기억에 남는 것을 만들고 자신의 작품에 대해 말한다. 만들기를 하기 위해서 영어책을 읽는 셈이다. 하나의 표현만 익혀도 성공이다.

아이들은 주제를 던져 주고 글을 쓰라고 하면 연필을 손에 끼운 채 움직이질 않는다. 나는 일단 점을 찍으라고 말한다. 지금 머릿속에 떠오른 단어를 무작정 써보라고 한다. 그것이 바로 브레인스토밍의 시작이다. 1년 즈음 지나면 책을 읽고 독후감을 쓰는 정도는 쉽게 할 수 있게 된다. 주어진 논제에 대한 자신의 생각을 쓰기 위해서는 산을 하나 더 넘어야 한다. 어찌 됐든 결론은 아이들은 논술문 쓰는 것을 즐거워하지 않는다.

그래서 나는 조형 논술이라는 글쓰기 강좌를 만들었다. 주어진 논제에 대한 자신의 생각을 쓰기 전에 다양한 만들기 활동을 하는 글쓰기 강좌이다. 아이들은 주어진 논제의 일화를 듣고 주제에 맞는 작품을 만든다. 자신의 작품에 대한 설명을 덧붙이며 자유롭게 토의를 한 후 비로소 논술문을 쓰게 하는 형태다.

논술 시간은 더이상 힘든 시간이 아니다. 자유롭게 말하는 시간이고 만들기 시간이다. 마치는 시간에 짧은 글쓰기를 하면 되는 시간이다. 그렇게 경험이 쌓이면 어떤 논제가 주어지든 자신의 생각을 자유롭게 쓸 수 있게 된다.

그렇게 나는 내 아이 하나 잘 키우고 잘 가르치고자 했던 것을 수업에 접목함으로써 더 즐겁게 일할 수 있었다. 내가 즐겁고 아이들이 즐겁게 배울 수 있으니 노력하지 않을 이유가 없다. 계속해서 배워야 하는 이유가 충분하다.

아이와 함께 아이클레이로 도형 만들기   한국사논술 시간에 아이들이 만든 작품1

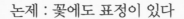

논제 : 꽃에도 표정이 있다

꽃과 화분 만들고 논술문 쓰기

〈논술과 놀이 미술의 융합, 조형논술〉

〈한국사논술 시간에 아이들이 만든 작품2〉 〈둘째가 왔을 때 뱃속 아기집을 표현한
서현이의 작품〉

글로 쓰면 논술, 말로 하면 토론

———

나는 초등학교를 다닐 때부터 글쓰기를 좋아했다. 독서라고는 교과서를 읽는 것이 전부였지만 독후감, 일기, 동시 가릴 것 없이 글쓰기 관련된 상은 다 받아 본 것 같다. 선생님께서 글쓰기 시간에 어떤 주제를 주셔도 나는 막힘없이 글을 썼다. 글의 시작은 용기다. 자신감이다.

그래서 나는 많이 읽어야 잘 쓸 수 있다는 말을 믿지 않는다. 독서량이 상당한 아이들도 자신의 생각을 글로 쓰라고 하면 한참을 망설이다가 결국 한 줄도 못 쓰는 아이도 여럿 봤다.

쓰는 것도 습관이다. 잘 써야 한다는 부담에서 우선 벗어나서 무조건 하나라도 써야 한다. 그래야 써진다. 잘 써야 한다는 부담을 잔뜩 안고 처음부터 잘 쓰는 사람은 없다. 글쓰기에 대한 두려움을 벗어던지고 점을 하나 찍을 때 비로소 쓸 수 있게 되는 것이다.

우선 내 생각을 꺼내는 것 외에는 다른 생각을 하지 않는 것이 좋다. 내 글이 잘 쓰인 글인가, 내 글을 읽고 다른 사람들이 어떻게 생각할까, 문법에는 맞을까 하는 생각은 잠시 접어 두어도 좋다.

글쓰기를 힘들어하는 아이들은 우선 필사를 해보는 것을 추천한다. 엄마와 함께 책의 구절을 써보는 것이다. 필사를 한 달 이상 매일 하고 나면 독후 활동으로 단어 30개 쓰기 정도는 거뜬히 해낸다. 아이가 단어를 자유롭게 쓰게 되면 단어를 넣은 문장을 쓰게 한다. 처음에는 한 문장을 써보는 것이 좋다.

어릴수록 처음에는 조금씩 작게 시작해야 한다. 그렇다고 쓰고 싶어 하는 아이를 못 쓰게 할 필요는 없다. 아이마다 성향이 다르므로 엄마는 아이를 따라가면 된다. 엄마의 뜻대로, 이론

대로 끌고 갈 필요가 없다. 그렇게 되면 아이도 엄마도 힘들어
진다.

아이에 따라서는 쓰기는 잘하는데 말하는 것을 힘들어하는
아이도 있다. 그런 경우에는 자신이 쓴 글을 여러 번 소리 내어
읽어 보게 하면 된다. 이때 도구를 활용하면 좋은데 나는 계수
기를 이용했다. 계수기는 보통 인원을 확인할 때나 운동을 할
때 쓰는데 나는 수업 도구로 썼다. 아이들이 말하기를 어려워할
때 21번을 소리 내어 읽게 한다. 한 번 읽을 때마다 계수기를 딸
깍 누르면 된다.

그런 다음 안 보고 말하게 하면 아이들 대부분은 자신이 쓴
글을 비슷하게 이야기한다. 무엇을 하든 66일 이상을 반복하면
습관이 된다. 그것에 착안하여 아무리 긴 글도 66번을 소리 내
어 읽게 했다. 그렇게 했더니 외우려 하지 않아도 저절로 말할
수 있게 되었다. 그렇게 의식적으로 연습하는 것을 반복하면 말
하는 것에 대한 저항감이 현저히 줄어들고 토론에도 적극적으
로 참여할 수 있게 된다.

처음부터 말을 잘하고 글을 잘 쓰는 아이는 드물다. 말하는 것도 글을 쓰는 것도 운동과 비슷해서 연습하고 반복하면 이전보다 말 근육, 글 근육이 쌓이게 된다. 다그치지 않으면 아이들은 즐겁게 배운다.

논술문 쓰기도 어렵지 않게 가르칠 수 있다. 주어진 논제에 대한 본인의 생각을 쓰면 된다. 서론에는 자신의 주장을 쓰고 본론에는 주장에 대한 근거를 세 가지 쓰고 결론은 자신의 의견을 한 번 더 정리하면 끝이다. 초등 논술은 여기까지만 해도 훌륭하다. 분량도 정해줄 필요가 없다.

사실 논술 시간은 아이들이 좋아하지 않는다. 딱딱한 글쓰기라고 생각하기 때문이다. 아이들이 주어진 논제에 대한 본인의 생각을 논리적으로 쓰기 위해서는 그 '생각'이라는 것이 있어야 한다. 생각 주머니는 하루아침에 채워지지 않는다는 것이 문제다. 자유 글쓰기는 독서량이 많지 않아도 어느 정도 쓸 수 있다. 하지만 논술은 조금 다르다. 주어진 논제에 대한 지식이 있어야 본인 생각을 쓸 수 있고, 논거도 적절하게 쓸 수 있다.

하지만 우선되어야 할 것은 시작을 위한 점 하나 찍기다. 논술문을 쓰기 전에 다양한 글쓰기 연습을 해볼 필요가 있다. 논술은 논리적 사고를 요하는 글쓰기이므로 조금 시간을 두고 쓰는 것을 권한다. 그렇다면 가장 먼저 해볼 글쓰기로는 뭐가 있을까? 바로 일기 쓰기다. 아이들은 일기를 쓰라고 하면 오늘 있었던 일을 나열한다. 아침에 일어나서 학교에 가고 학원에 가고 집에 왔다. 이렇게 하루가 단조로울 수가 없다. 인생이 참 단순해 보인다. 아이들은 일기에 쓸 것이 없다고 말한다. 과연 그럴까?

평소 엄마가 사물을 다양한 시선으로 바라본다면 아이는 무궁무진하게 일기 쓸 거리를 찾아낸다. 청소하다 발견한 작은 거미를 보고 아이를 불렀다. 아이는 거미를 처음 본다. 귀엽다고 했다. 한참을 따라다니며 본다. 만져보고 싶다고 해서 손바닥에 올려 주었다. 밖으로 보내주자고 하니 아쉬워한다. 이곳에 있는 것보다 바깥으로 나가는 것을 거미가 좋아할 거라고 설득해 본다. 아쉬움을 가득 안고 작별 인사를 한다. 불과 5분 사이에 벌어진 일이다. 일기로 쓸 수 있을까? 당연히 쓸 수 있다. 하루 24시간을 일기로 쓰는 것이 아니다. 기억에 남는 새로운 사건 하나를 써도 일기로 충분하다. 생활 속에서 사물과 사람과 현상을 낯설게 보는 습관은 글감이 넘쳐흐르게 해준다. 글감만 풍요롭게 해주는 것이 아니다. 삶이 풍요로워진다.

아이들은 논술뿐 아니라 토론도 어려워한다. 무슨 말을 어떻게 해야 할지 모르겠다고 한다. 나는 쉽게 설명해 준다. 글로 쓰면 논술이고 말로 하면 토론이다. 글로 쓰고 말로 하면 된다. 주어진 논제에 대해 충분히 생각하고 자신의 주장을 글로 쓰면 된다. 찬반 토론을 할 때 먼저 자신의 입장을 정해야 하는데 그조차도 힘들어하는 아이들이 있다. 우선 자신의 입장을 정하면 다음은 쉽다. 자신의 주장에 대한 근거를 세 가지 쓰면 된다. 왜 그렇게 생각하는지 이유를 쓰는 것이다. 찬반 토론 같은 경우에 나와 의견을 달리하는 상대의 주장에 대한 논거를 미리 생각해 보는 것이 유리하다. 상대측이 제시할 논거를 미리 정리해 놓으면 반박하는 데 도움이 되고 결국은 토론에서 승리하게 된다.

배움은 말과 글이 수반된다. 자신의 생각을 말과 글로 제대로 표현할 수 있다면 대부분의 세상 문제를 해결하면서 살 수 있다. 제대로 말하기 위해서는 잘 들어야 하고 잘 쓰기 위해서는 제대로 읽어야 한다. 글로 쓰면 논술이 되고 말로 하면 토론이 된다.

스스로 공부하게 하는 방법

———

억지로 시키는 공부를 좋아하는 아이들은 없다. 사실 공부라는 것은 재밌는 것인데 억지로 시키기 때문에 재미없는 것이 되어 버렸다. 억지로 시키는 공부가 어떤 공부인지 생각해 보면 좋겠다.

현재 아이들이 학교에서 배우고 있는 교과목은 대부분 실용 학문이 아니다. 배워서 당장 무엇을 할 수 있는 공부가 아니라는 뜻이다. 세상은 하루에도 몇 가지씩 새로운 것이 생겨났다가 사라지는 곳이다. 그런데 100년 전 방식 그대로 아이들을 가르친다는 것은 쓰지 않는 물건들을 가득 쌓아놓은 것과 같다.

학교 교과가 아무짝에도 필요가 없다는 말이 아니다. 교과대로 학습 목표가 있고 그것에 맞게 지도하고 잘만 따라가면 지식층이 두꺼워져 얼마든지 활용할 수 있게 된다. 하지만 너무 긴 시간을 들여 많은 내용을 같은 방식으로 가르친다는 것이 문제다. 그것도 제대로 된 동기부여도 없이 말이다.

수학 교과를 왜 공부해야 하는지에 대해 알려주는 선생님이 몇이나 되는가? 아이들에게 공부를 왜 하느냐 물어보면 '똑똑해지려고요.', '좋은 대학에 가려고요.' 라고 말한다. 어제도 영어를 왜 배우는지 물어보았더니 '여행하려고요.', '훌륭한 사람이 되려고요.' 라고 말하는 아이들이 대부분이었다.

공부하는 이유는 사람마다 다르다. 우리 어른이 어떤 공부를 시작했다고 생각해 보자. 아무 목적도 없이 늦깎이 대학생이 되거나 만학도가 되는 경우는 드물다. 배움의 욕구를 충족하기 위해서라든지 자격증을 취득해서 일을 하고자 한다든지 하는 분명한 이유가 있다.

그런데 아이들에게는 왜 분명한 목표와 목적 없는 공부를 무조건 시키고 있는지에 대해서 생각할 필요가 있다. 수학을 배워서 수학자가 될 거라든지 수학 선생님이 될 거라는 분명한 목적이 있으면 아이들이 공부를 적극적으로 할 수가 있다. 그러나 아이들은 학교에서 배우는 거니까 그냥 한다. 재미없고 흥미도 없이 시키는 대로 한다.

물론 수학이라는 과목이 수학자가 될 사람들만 배워야 하는 과목은 아니다. 그런데 문제는 마치 수학자를 만들 것처럼 수학을 가르친다는 것이다. 수학자가 될 것도 아닌데 그 많은 시간을 수학을 공부하기 위해 써야 하는지에 대한 의문을 품을 필요가 있다고 생각한다. 내신이 떨어지면 안 되니까, 수능 점수가 높아야 하니까 하루 10시간씩 학교와 학원에서 공부하고도 집에서 몇 시간씩 또 공부하게 한다.

물론 그 과정이 즐겁다면 해도 된다. 모르는 개념에 대해서 새롭게 알게 되는 기쁨이 크고 문제를 풀면서 성취감을 느낀다면 좋다, 괜찮은 공부다. 하지만 대부분 너무 많은 시간을 좋은 대학에 가기 위해서 공부하느라 다 써버린다.

만학도가 배우는 방식대로 아이들이 스스로 찾아 공부하는 방법부터 익혀야 한다. 배우고자 하는 의지가 있으면 자신이 하고 싶은 공부를 자발적으로 찾아서 한다. 도움이 필요하면 도움을 받고 혼자 할 수 있는 부분은 스스로 익힌다. 즐겁게 배우고 익히는 것이다. 때로는 배움이 힘겨워지더라도 쉽게 포기하지 않는다.

나는 아이가 스스로 공부하겠다고 할 때까지 공부하라는 말을 하지 않았다. 내가 공부하는 모습을 보여줬을 뿐 문제지를 풀게 하거나 다그치지 않았다. 하기 싫으면 안 해도 된다고 말했다.

내가 어렸을 때 부모님은 공부하라는 말씀을 하지 않으셨다. 그냥 지켜보셨고 성적에 대해서도 한 번도 혼내거나 몇 등을 해야 된다거나 하는 기준을 세워 주지도 않았다. 그래서인지 나는 공부에 대해 크게 스트레스받지 않았다. 그렇다고 공부에 관심이 없는 것도 아니었다. 시험 때가 되면 적당히 공부하고 시험 전날은 일찍 잤다. 그것이 나의 학창 시절이었다. 특별할 것도 없었고 그렇다고 학교에 가기 싫은 것도 아니었다. 나는 부모님의 그런 태도가 지금도 공부하게 하는 힘이 되어 주었다고 생각한다.

부모의 태도는 아이의 학습 태도에 상당한 영향을 미친다. 적당한 무관심보다 지나친 간섭이 배움에 대한 호기심을 해친다. 차라리 공부는 아이의 몫이니 알아서 하라고 멀찌감치 떨어져 있는 것이 오히려 도움이 될 수도 있다.

더 좋은 방법은 부모가 즐겁게 배우는 모습을 보여주면 된다. 새로운 것을 접할 때 반짝반짝한 눈으로 다가가고 탐구하는 모습을 보여 줄 때 아이는 호기심을 느낀다. 저곳에 뭐가 있기에 엄마가 저토록 기뻐 날뛰는 걸까?

억지로 공부하는 것은 어떤 좋은 결과도 가져오기 힘들다. 어떤 방식으로든 동기부여가 우선되어야 한다. 내가 왜 이 공부를 하는지 알아야 공부를 하고자 하는 의욕도 생긴다. 내 아이에게 맞는 동기부여 방법을 꼭 한 번은 고민해 봤으면 좋겠다.

영어와 중국어는 엄마와 함께

─────

나는 영어를 못한다. 못하기 때문에 더 잘할 수 있게 만든다. 왜냐면 가르칠 수가 없기 때문이다. 언어는 가르치는 것이 아니다. 가르치면 안 된다. 모든 학습이 다 그렇다. 가르치는 것이 아니라 코칭을 해야 한다. 그야말로 엄마는 아이의 코치가 되어야 한다.

나는 아이와 함께 영어 독서를 했다. 영어 독서 프로그램을 이용해서 아이와 날마다 한 권의 영어책을 읽었다. 언어의 4대 영역을 올바른 순서로 익힐 수 있도록 되어 있고, 동화책이기 때문에 두 마리 토끼를 다 잡을 수 있었다.

한 단어, 한 문장을 듣고 말하고 읽는 동안 루비가 쌓인다. 원하면 루비를 지불하고 아바타를 꾸밀 수도 있다. 1년 이상 하루도 빠지지 않고 아이는 영어책을 읽고 아바타를 꾸미는 재미에 푹 빠져 살았다.

영어 독서를 하면서 일주일에 세 번 화상 수업을 통해서 원어민 친구와 대화를 나누기도 했고 하루에 여섯 문장씩 나와 영어 대화를 했다. 어려운 문장은 하나도 없었고 아주 간단한 영어문장이었다.

영어는 공부가 아니라 언어라는 사실을 알게 해주고 싶었다. 되도록 재미있게 익히게 해주려고 나름대로 부단한 노력을 했다. 아무리 바빠도 영어 독서하는 모습을 보여주고 루비를 쌓으며 아이와 경쟁했다. 은근히 루비가 많다고 자랑도 하고 아바타를 예쁘게 꾸며 보여주기도 했다.

아이가 3학년 때의 일이다. 2학년 때 다니던 영어 공부방에서 문법을 가르치기 시작하자 나는 아이를 그만두게 했다. 나는 우리가 한글을 익혔던 방법 그대로 아이와 함께 영어를 익히기 시작했다. 언어라는 것이 늘 써야 느는 건데 하루 잠깐 1시간 사용하는 것 가지고는 어림도 없었다. 그래서 나는 길게 보고 아이를 다그치거나 억지로 외우게 하지 않았다.

하루 한 권 영어책을 읽고 일주일에 세 번 화상 영어 수업을 통해서 원어민 친구와 대화를 나누고 영어 일기를 하루 세 줄씩 썼다. 문법은 신경도 안 썼다. 영어 철자가 틀렸다고 지적하지도 않았다. 그냥 하는 대로 내버려 두었다. 신기한 일이 일어났다.

아이는 그해 교내 영어 말하기 대회에 나가서 우수상을 받고 3년 뒤 전국 영어 말하기 대회에 나가서 같은 상을 받았다. 상이 중요한 것이 아니라 출전하겠다고 시도한 것이 신기한 일이었다. 다른 아이들은 하나같이 영어 학원에 다녔다. 날고뛰는 선생님들이 대본을 써주고 발음 교정도 해주었다. 영어가 싫어 국어를 사랑했고 국어국문학을 전공한 엄마와 약간의 영어독서를 하고 익힌 영어 실력으로 영어 말하기 대회에 출전하겠다는 용기를 낸 것이 나는 참 신기하고 기특했다.

그만큼 아이는 영어를 좋아했다. 학원 다닐 때까지만 해도 그만두겠다고 한 아이가 엄마와 영어독서를 하고 원어민 친구와 통화를 하기 시작하면서 달라졌다. 모든 과목 중에서 영어를 제일 좋아하는 아이가 된 것이다.

이후로 아이가 영어 문법을 처음 접한 것은 듣고 말하고 읽기가 어느 정도 되고 난 후였다. 5학년에 맞이한 생일에 재밌는 문법 그림책을 선물해 주었다. 아이는 단숨에 그 책을 다 읽었다. 그리고 문법 강의를 들어보라고 권했다. 아이는 어려워하지 않고 필기를 하며 들었다.

나는 아이가 영어를 좋아하는 것을 보고 다른 언어도 독학할 수 있겠다고 생각했다. 마침 내가 중국어 능력 시험을 준비하고 있어 아이에게 함께 하자고 했더니 아이는 일본어가 좋다고 했다. 그래서 아이는 일본어를 나는 중국어를 독학하기 시작했다.

당시 둘째가 태어난 지 얼마 지나지 않아 나는 모유 수유를 하고 있었고 아기는 늘 내 곁에 머물러 있었다. 나는 아이를 안고 중국어 강의를 듣고 또 들었다. 필기하기가 쉽지 않았다. 아이를 안은 상태로 책상에 앉아서 필기하는 모습을 상상해 보라. 얼마나 불편한지 금방 알 수 있을 것이다. 그래서 나는 듣는 것을 선택할 수밖에 없었다. 그냥 들었다.

그리고 중국어 시험이 있던 날, 우리 가족은 모두 시험장으로 갔다. 둘째가 수시로 나를 찾았기 때문에, 정확하게는 내 가슴을 찾아 댔기 때문에 차에서 얼른 수유하고 시험을 치고 나올 생각이었다. 그런데 아이가 잠이 드는 바람에 수유하지 못하고 바로 시험장으로 들어갔다.

생각보다 시험시간이 길었다. 90분 정도 걸렸던 것으로 기억한다. 안타깝게도 모든 사람이 다 시험을 치르고 시험시간이 종료되어야 함께 시험장을 나갈 수 있었다. 시험을 다 치르고도 나갈 수 없어 발을 동동 구르고 앉아 있어야만 했다.

차로 돌아가니 아이는 싱글벙글 웃고 있었다. 엄마가 왔다고 어찌나 좋아하는지 아이를 얼른 안아주며 잘 있었네, 우리 아기 ~ 했더니 첫째 아이가 말했다.

"엄마! 말도 마세요. 서인이가 울고불고 난리도 아니었어요. 악을 쓰고 울었다니까요!"

나는 장난치지 말라고 했다. 아이가 무척 편안하게 보였기 때문이다. 서현이가 이어서 말했다.

"엄마가 그럴 줄 알고 제가 녹음을 해두었지요. 들어보세요!"

가히 세상이 떠나갈 듯 울어댔다. 엄마의 가슴을 찾는 소리였다. 어찌나 미안하던지 눈물이 나올 지경이었다. 나는 얼른 젖을 물리고 아이에게 사과했다.

시험 결과는 중국으로 넘어가 다시 회송되는 거라 두 달이 지나야지 알 수 있다고 했다. 두 달 후 다행히 합격 소식을 들을 수 있었고 그날의 미안함이 한결 가벼워졌다.

첫째는 일본어 독학을 시작했는데 아이가 워낙 코난을 좋아해서 애니메이션을 다운로드해 일본어로 들으며 보았다. 유튜브를 이용해서 생활 일본어 표현을 익히고 파파고로 알고 싶은 표현을 찾아보았다.

히라가나를 익히려고 하는 아이에게 하고 싶으면 하되 처음부터 쓰기는 안 해도 된다고 말해주었다. 듣고 말하기가 된 다음 읽고 쓰기를 해도 늦지 않다는 것이 언어 공부에 대한 나의 지론이다.

아이가 불어와 독일어에도 관심이 있어서 프랑스와 독일의 문화부터 알아보라고 했다. 언어 공부를 할 때 그 나라의 문화를 익히면 많은 도움이 된다. 문화에 따라 표현을 달리하는데 나라에 대한 이해가 없으면 왜 그런 표현을 쓰는지 알기 어렵기 때문이다. 그렇게 되면 무조건 외우는 공부가 될 수가 있어서 세계사 책이나 각 나라 소설을 통해서 자연스럽게 문화를 익힐 수 있도록 권하고 있다.

요즘 아이는 중국어 독서를 시작했다. 중국어 역시 온라인 도서관을 이용하여 하루 책 한 권씩 독서를 하고 천천히 익혀가는 중이다. 영어와 중국어는 어순이 같아서 영어를 몰랐을 때 보다 쉽게 접근할 수 있다.

그동안 한자를 꾸준히 익혀 온 것도 중국어에 대한 거부감을 줄일 수 있었다. 글자가 너무 생소하면 읽고 쓸 때 두 배로 어려움을 겪는다. 중국도 그렇고 일본도 한자를 뿌리로 하고 있어 맨땅에 헤딩한다는 기분은 느끼지 않아도 된다.

언어는 다른 학문과 다르다. 다른 나라 언어를 익히면 말과 글만 익히는 것이 아니다. 그 나라의 문화도 익힐 수 있고 친구도 사귈 수 있다. 언어를 익히고 쓴다는 것은 많은 것이 내 인생으로 들어오는 일이다.

그리고 언어를 배울 때에는 다른 공부를 할 때와는 비교할 수 없을 정도로 뇌의 변화가 일어난다고 한다. 언어를 공부하는 이유가 그저 말을 익혀 여행하고 친구를 사귀기 위한 것은 아니라

〈온라인 영어 독서 중인 서현〉   〈전국영어 말하기 대회 출전 모습〉

〈교내 영어말하기 대회 수상〉 〈전국 영어말하기 대회 수상〉

는 뜻이다.

언어를 배울 때에는 생활 속에서 재미있게 습관적으로 하는 것이 가장 효과적이다. 정형화된 방법으로 단어와 문장을 외우는 것에서 그칠 것이 아니라 익힌 문장을 하루 종일 써먹어야 한다. 밥을 먹다 뜬금없이 "워아이니, 아이시테루요."라고 말을 해도 엄마는 화내지 않을 테니까. 중국어도 일어도 엄마와 함께 하면 된다.

엄마의 진로 교육, 부모교육이 필요해

———

엄마로서 나의 진로에 대해 생각해 보았다. 동시에 아이의 진로를 정해주는 것이 엄마의 역할인가에 대해서도 생각해 보았다. 결론은 진로를 정하지 않는 것이 엄마의 진로 교육이라는 것이 내 생각이다.

4차 산업 혁명의 시대에 진로를 미리 정하는 것이 의미가 있을까? AI가 대부분의 일을 담당하게 될 테지만 사람의 심리를 다루는 일이나 창작 분야에서는 아직 AI가 접근하기 힘들다고 한다.

그렇다고 해서 모든 아이가 심리나 예술을 공부하면 될까? 그러면 미래가 보장되나? 나는 아니라고 본다. 지금 시대가 어떤 시대이건 간에 아이의 진로를 미리 정하는 것은 아이를 틀에 맞춰 키우겠다는 뜻이다. 아이가 어떤 것에 흥미가 있고 소질이 있는지 살펴볼 필요가 있다. 아이가 오래 할 수 있는 일을 찾으라는 말이다.

아이가 얼마나 오래 그 일을 할 수 있는가? 하는 것은 그 일을 좋아한다는 의미가 포함된다. 좋아하지 않고 오래 하는 일은 결코 쉬운 일이 아니다. 지시에 따라서 오랫동안 해온 일이라 습관적으로 하는 공부가 있을 수 있다. 그러나 근본적으로 아이가 하는 공부의 동기나 목적이 분명해야 한다. 재미가 있다거나 그 일의 전문가가 되고자 한다거나 하는 분명한 이유가 있어야 오래 할 수 있고 시간 낭비를 줄일 수 있다.

남들 다하는 공부니까 무작정하는 공부는 이제 의미가 없다. 좋은 대학을 가기 위해서, 훌륭한 사람이 되기 위해서, 대기업에 입사하기 위해서 공부하는 아이가 아직도 있다.

좋은 대학에 가고자 하는 아이들의 말을 들어보면 대부분 엄마가 시켜서 공부한다고 한다. 개인적 목표가 좋은 대학이라 할지라도 그다음을 생각하는 아이는 드물다. 좋은 대학을 졸업하고 나면 뭐 할 거냐는 질문에 딱 부러지게 대답하는 아이는 거의 없다. 그냥 남들 다 하니까. 초등학교, 중학교를 거쳐 고등학교를 졸업하고 대학에 가는 것을 당연한 것으로 받아들인다.

아이가 5학년이 되었을 때 처음 얘기를 꺼냈다. 대학은 안 가도 되고 고등학교도 특별한 이유가 없다면 가지 않아도 된다고.
아이의 첫 반응은 '이 엄마가 왜 이러지? 내가 뭘 잘못했나?' 하는 표정으로 무슨 말씀을 하시는 거냐고 물었다. 나는 말 그대로라고 하고 길게 말하지는 않았다.

이후 가뭄에 콩 나듯, 가랑비에 옷 젖듯이 앞으로 학교에서 무엇을 배우게 되고 대학이라는 곳은 어떤 곳인지 알려주었다. 대학을 졸업하고 공무원 시험을 준비하는 졸업생들의 일상도 보여주었다.

AI가 앞으로 하게 될 일들을 보여주고 특히 드론 산업에 대해 자주 이야기를 했다. 단순노동뿐 아니라 전문적인 분야도 로봇이 해내는 시대가 얼마 되지 않아 도래할 것이라는 말도 잊지 않았다.

하루에도 많은 것들이 새로 생겨나고 사라지는 시대다. 그런데 학교에서는 여전히 100년 전과 크게 다르지 않은 방식으로 비슷한 것을 가르친다. 일부 선생님은 나름대로 독서 토론 동아리를 만들어 운영하게 하거나 학급 내에서도 뭔가 시도하는 노력을 하기도 한다. 그러나 그것조차 한계가 있다. 그럴 수밖에 없다.

입시라는 제도는 그 시도를 무색하게 만든다. 독서 동아리를 만들어도 아이들은 오지 않고 수업 내에서 토론 수업을 고수해도 내신과 수능을 대비하느라 고개를 숙이고 공부하거나 아예 엎드려 자는 아이들이 태반이다.

부모는 학교에서 아이가 자는 줄도 모르고 학원을 보내며 늦게까지 시간을 낭비하게 만들고 집에서도 공부하라고 닦달한다. 아이는 학교와 학원에 다니고 있으니 공부를 하는 것이고 집에 와서까지 공부하라는 부모의 닦달에 하루 내내 공부만 하는 기분이다. 그런데 남는 것은 하나도 없다. 그야말로 시간 낭비다.

학원에 보낼 것이 아니라 학교에서 흥미롭게 배울 수 있도록 해야 한다. 1학기 이상 선행학습을 한 아이들은 학교 공부에 흥미가 없다. 배운 것을 또 하는 기분이 들기 때문이다. 그렇다고 자세히 들여다보면 아이가 진정으로 알고 있는 개념은 몇 안 된다. 그냥 알고 있다고 착각하는 것이다. 알고 있다는 것은 보지 않고 다른 사람에게 설명할 수 있을 때다. 그때가 바로 그 개념에 대해 제대로 알고 있다는 것이다. 그러나 아이들의 대부분은 설명해보라고 하면 제대로 말하지 못한다. 그리고 얼렁뚱땅 넘어간다.

수업 시간에 그나마 살아 있는 아이들은 상위 그룹 아이들이다. 그것도 각자 공부하느라 바쁘지 선생님 수업에 제대로 참여하는 아이들은 보기 드물다. 언제부터 학교 수업이 이렇게 된 것인지 안타까울 뿐이다.

내가 검정고시를 제안한 때가 아이가 6학년이 되고 얼마 지나지 않았을 때다. 아이는 5학년 때와 조금 다른 반응이었다. 아이가 웃으며 말했다.

"60%는 설득하셨어요."

물론 학교에서 교과만 배우는 것은 아니다. 친구도 사귀고 선생님과의 관계도 형성하면서 사회성을 기른다.

그런데 사회성을 학교에서만 기를 수 있을까? 아이가 가장 깊게 사회성을 기르는 곳은 가정이다. 가정에서 제대로 길러진 사회성이라면 어딜 가더라도 새로운 사람을 사귈 수 있다고 생각한다.

학교에서 왕따 문제가 불거진 것이 어제오늘 일이 아니다. 왕따 문제만 봐도 학교에서 사회성을 제대로 기른다는 보장이 없다는 것을 알 수 있다. 지나친 경쟁 구도가 친구들 사이에서도 상하 관계를 형성하고 가해자나 피해자나 똑같이 멍들게 만든다.

상처 주고 있다는 것도 모른 채 친구를 매질하고 맞는 아이는 자신이 뭔가 잘못했다고 믿기도 한다. 보복이 두려워 부모에게 말하지도 못한다. 아이들은 무엇 때문에 상처를 주고 또 받으며 그것이 당연한 룰인 것으로 여기게 된 걸까? 생각하면 가슴이 아프다.

그래서 부모교육이 필요하다. 예전과 똑같이 생각하고 다르지 않은 방법으로 교육하고 좋은 대학에 가면 다 해결될 것처럼 진로 교육을 한다면 아이는 갈 곳을 잃고 헤맬 것이 분명하다.

미래를 꿰뚫어 보는 통찰력을 기르라는 말이 아니다. 다만 아이를 사랑하는 마음이면 충분하다. 내 아이가 무엇을 원하고 어떤 것을 하고 살면 가장 행복한 삶을 살 수 있을지 함께 고민해 보자는 말이다.

'가장 개인적인 것이 가장 창의적인 것'이라는 말이 있다. 희망이 보인다. 내 아이만이 가지고 있는 탤런트가 분명히 있다는 것을 인정할 때 비로소 진로 교육이 시작된다. 남들과 똑같은 방법으로 과거와 다를 것 없는 생각으로 진로를 미리 결정하고자 한다면 아이의 행복은 보장될 수 없다.

인성이 실력이다

2000년생 이후의 아이 중 인성을 갖춘 아이들을 찾기 힘들다. 개인주의를 넘어 이기주의에 빠진 아이들, 다른 사람의 슬픔을 공감하지 못하는 아이들, 사람의 중요성을 모르는 아이들이 많다. 그래서 인성이 실력인 시대다.

협업이 중요한 시대에 인성을 갖추지 못한 아이들은 프로젝트를 끌고 가기 힘들다. 요즘 아이들이 협업을 힘들어하는 이유다. 협업은 공동의 목표를 달성하기 위해서 각자의 소임을 다하고 그 프로젝트가 성공적으로 마무리될 수 있도록 자신의 탤런트를 십분 발휘해야 한다. 그 과정에서 수없이 커뮤니케이션하고 수정하고 융합하고 재탄생 되어 결과물이 나오는 것이다.

의견을 주고받고 조율하는 과정을 아이들은 견디기 힘들어한다. 건강하게 토론하는 방법을 배운 아이들이 드물기 때문이다. 자신과 의견이 다를 때 아이들은 불편함을 느낀다. 그래서 쉽게 싸움으로 이어지고 주제가 무엇이었는지도 금방 잊는다.

가정에서 대화가 자연스러운 아이는 사회에 나가서도 자신의 의견을 자유롭게 말하고 다른 사람의 말도 잘 듣는다. 의견 차이가 있더라도 인정하고 합의점을 찾는다. 합의점을 찾지 못하더라도 서로 생각이 다름을 인정한다.

가정에서 대화법을 배우고 토론이 생활화된 아이는 사람들 속에서 논쟁이 벌어지더라도 감정적으로 접근하지 않는다. 사실과 의견을 구분하고 사실은 인정하고 의견은 자유롭게 제시한다. 자신의 의견을 반대하더라도 자신이 부정당했다고 생각하지 않는다. 단지 생각이 다를 뿐이다. 생각은 언제든지 달라질 수 있다. 의견을 주고받는 과정에서 자신의 생각이 바뀔 수도 있고 따라서 수정될 수 있다.

함께 일을 할 때 똑같이 분업 될 수 없다. 누군가는 조금 더 일해야 하는 경우가 발생한다. 그러한 경우 그 일을 선뜻 하겠다고 하는 사람이 몇 명이나 될까. 누구나 손해 보는 것은 싫다. 그런데 그 일을 하는 것이 자신의 경험을 쌓는 거라 생각하고 솔선수범하는 아이가 있다고 해보자. 그 아이는 손해 보는 것일까? 아니면 이익을 가지게 되는 것일까?

내가 하기 싫은 일은 다른 사람도 하기 싫다. 누군가 해야 하는 일이라면 내가 해야지 하는 마음으로 한다면 그것이 손해일까? 자신을 생각하지 않고 다른 사람만 생각하는 사람이 될까?

나는 고등학교를 졸업도 하기 전에 사회생활을 시작했다. 고3 10월, 전자 회사에 첫 출근을 하고 햇수로 10년 동안 같은 곳에서 일했다. 제일 먼저 출근했고 가장 나중에 퇴근했다. 출근해서 청소를 다 끝내면 한 명씩 출근 줄이 이어졌다. 분기 보고서라도 쓰는 날이면 12시를 넘기는 일도 있었다. 일하는 것이 좋았다. 인정받는 것도 물론 좋았다.

그렇다고 다른 사람의 인정을 받기 위해서만 열심히 일한 것은 아니었다. 일하는 것이 좋았고 배우는 것도 좋았다. 내가 해낼 수 있는 일이 있다는 것이 무척 좋았다.

내가 소속된 팀의 일이 아니더라도 해야 되는 상황이 오면 당연한 일로 받아들였다. 한꺼번에 세 가지 일을 동시에 처리하는 일도 적지 않았다. C/S, 회계, 해피콜, 영업, 자금 회수 등 가리지 않고 일했다.

그래서 나는 어떤 사람이 되었겠는가? 그야말로 멀티미디어가 되었다. 무슨 일이라도 해내는 사람이 되었다. 그때의 경험은 무엇과도 바꿀 수 없는 값비싼 경험이다.

IMF 금융위기 때 있었던 일이다. 부산지사에서 근무하는 여직원 두 명 중, 한 명을 해고해야 하는 상황이었다. 4년 차 베테랑 언니와 3개월 차 햇병아리 나, 당연히 내가 퇴사해야 하는 상황이었다. 아직 업무를 완벽히 파악하지 못한 상황에다가 혼자 많은 업무를 감당하기엔 내가 너무나 작고 능력이 없었다.

그런데 나는 살아남았다. 일 잘하는 언니는 쓸쓸히 회사를 떠났다. 왜일까? 나는 이유가 궁금했다. 팀장님께 여쭤보고 싶었

지만 참고 있었는데 회식 자리에서 주임님이 이야기를 꺼냈다. 팀장님이 하시는 말,

"싸가지가 없잖아!"

간단했다. 일 못하는 사람이랑은 일해도 싹수없는 사람이랑은 일을 못 하겠다는 것이다. 어쩌면 당연한 결과다.

일은 익히면 되지만 인성은 쉽게 변하지 않는다. 사람의 본성은 죽다 깨어나도 변하기 어려워서 마치 매달 나가는 고정 지출과도 같다. 그냥 혹 나가고 마는 것이다. 아무리 일을 잘해도 마이너스를 먹고 들어가는 것. 그래서 인성이 실력이다.

인성이 좋다는 말은 착하다는 말과 다르다. 사리분별력이 있고 자신의 일을 어느 정도 잘 해내며 공감 능력이 뛰어나다는 뜻을 모두 가지고 있다. 사리분별력 없이 날뛰는 사람을 보고 인성이 좋다고 하지 않는다. 자신의 일을 제대로 처리 못 하고 갈팡질팡하는 사람을 보고 인성이 좋다고 말하지 않는다. 다른 사람의 눈물을 보고 웃는 사람에게 인성이 좋은 사람이라고 절대로 말하지 않는다.

사실 인성을 갖추는 것은 어렵지 않다. 가정에서 토론을 생활화하고 독서가 습관이 되면 인성을 갖추고 싶지 않아도 갖추게 된다. 못 믿겠는가? 그럼 한 번 시도해보라. 아이들과 함께 하루 1권 얇은 책을 읽고 밥상머리 토론을 해보라. 아이는 인성 갑으로 자랄 수밖에 없다.

Hasse's license childcare

아이는 1살,
나는 방과 후 교사

방과 후 교사로 일을 시작한 날이
아이가 태어난 지 딱 100일째 되던 날이었다.
방과 후 수업은 주 2회를 했다.

29살에 첫 책을 읽은 이유

————

1991년 꽃샘추위가 한창이던 어느 날, 전화가 울렸다.

"느그 아버지, 사고 났다. 빨리 엄마 공장에 가서 삼촌한테 전화하라고 해라!"

쿵! 하는 심장 소리와 떨리는 목소리, '뛰어야 해, 뛰어야 해!' 하는 내 속에 소리가 뒤섞여 아무것도 할 수 없었다. 나는 앉아서 뛰었다. 마음이 먼저 앞으로 달리고 있었기 때문에 몸이 가지 않을 수가 없었다. 그때였던 것 같다. 내가 앉아서도 뛰는 습관이 생긴 것이. 지금의 나는 중요하지 않았다. 앞만 봤으니까. 내일만 생각하느라 오늘을 제대로 살지 못했다.

내 나이 13살, 아버지가 교통사고를 당한, 그날 이후로 나는 혼자 생활해야 했다. 사경을 헤매는 아버지 곁을 어머니가 지켜야 했기 때문이다. 나는 형제자매가 없었기 때문에 오롯이 혼자 먹고 자고 학교에 가야 했다. 어찌나 외롭던지, 두렵기까지 했다.

동네 어른께서 자주 와서 챙겨주고 친구들이 가끔 함께 있어주었기 때문에 외롭고 힘든 시기를 견딜 수 있었다. 아버지의 입원 기간이 길어질수록 혼자 생활하는 것에 익숙해지고 때로는 즐길 수 있게 되었다. 그러던 어느 날, 아버지께서 집으로 돌아오셨다.

"너는! 아빠한테 오지도 않고! 불효막심한 것 같으니라고! 병원에 가서 내 물건 가지고 와!"

긴 병원 생활을 정리하고 돌아오신 아버지는 완전히 다른 사람이 되어 있었다. 아버지는 평소 나에게 화를 내는 분이 아니셨기 때문에 무척이나 큰 충격이었다. 병원이 멀어 자주 찾아뵙지 못한 것은 사실이지만 불같이 화를 내시는 아버지 모습을 보며 나는 어찌할 바를 모르고 얼어붙어 버렸다.

부모님은 가끔 다투셨지만, 나에게는 한결같이 대해 주셨다. 특히 아버지는 나를 무척 아꼈기 때문에 어머니가 매질이라도 할라치면 불같이 역정을 내셨다. 그런 아버지께서 나를 나무라신 것은 그때가 처음이었다.

그날 이후, 부모님은 자주 싸우셨다. 싸웠다기보다는 어머니가 일방적으로 당했다고 하는 것이 맞을 것이다. 술을 곁에 두는 날이 늘어나기 시작한 어느 날, 아버지는 어머니를 괴롭히고 때리기도 했다. '아, 나는 왜 저런 분들 밑에서 태어났을까' 라고 생각하면서도 어머니가 다칠까 봐 온 마음을 다해 싸우는 소리에 집중했다. 힘들고 불안한 시간이었다.

열아홉, 많지 않은 나이에 내가 나를 책임진다는 것이 쉬운 일은 아니었지만, 그것이 힘든 일인 줄 몰랐다. 사회생활을 하면서 인정받고 약간의 자유를 얻은 것이 나는 좋았다. 경제적, 정신적 독립이 나를 단단하게 만들어 주었지만 부모에 대한 책임감을 보너스로 받은 셈이다.

점점 몸이 작아지고 야위어 가는 아버지를 보면서 원망과 분

노가 색을 잃어갔다. 내가 나에게 주던 상처도 아물기 시작했다. 변함없이 자신을 살리지 않는 아버지를 볼 때마다 화가 치밀었다. 하지만 아버지의 삶을 듣게 된 24살 봄, 나는 아버지를 이해하기 시작했다.

4년을 벌어 늦깎이 대학생이 된 나는 첫 과제로 부모님의 인생 보고서를 써야 했다. 아버지와 대화가 없었던 나는 곤란하기 짝이 없었다. 미루고 미루다 과제 제출일을 3일 남겨 놓은 날, 변함없이 술을 드시고 계신 아버지께 여쭈었다.

"아버지, 어릴 때 어땠어요?"
오래 망설이지 않고 놀라울 정도로 담담하게 말씀하셨다.

"배우고 싶었제, 학교 가고 싶었다."
아버지의 그 첫마디와 두 번째 말의 간격이 길어졌고 이야기가 이어졌다. 나는 그제야 아버지가 왜 이런 삶을 살게 된 건지 알 수 있었다.
사별한 남자의 후실로 들어가 첫아이를 낳은 어머니 밑에서 없는 살림에 국민학교 1학년을 다니다 말고 남의 집 머슴살이를 하게 된 불쌍한 시골 소년, 그것이 어린 아버지의 모습이었다. 스물여섯, 힘든 군 생활 속에서도 얼마 되지 않는 월급을 한 푼도 쓰지 않고 모으셨다는 아버지, 스물아홉 나이에 얼굴도 모르는 여자와 중매로 결혼을 하고 두 명의 아이를 하늘로 보낸 뒤, 8년 만에 얻은 딸아이, 그게 바로 나였다.

아버지께 내가 받은 유일한 유산은 절약 정신과 돈에 대한 두려움이었다. 살면서 빚을 지는 것은 죽는 일과 같다고 믿으셨던 아버지는 평생 없이 사셨어도 남에게 돈을 빌리는 일은 한 번도 없었다. 배운 것도 지원자도 없었던 아버지는 몸을 밑천 삼아 아내와 딸을 먹이고 입히셨다. 9시 이후 전기를 쓰는 일이 없었고 택시 한 번 타지 않으셨다. 사고가 나기 전까지 아버지는 악착같이 아끼고 모으며 행복한 미래를 꿈꿨다.

가진 것도 물려받은 것도 없는 내가 할 수 있는 일은 스스로 벌어 배우는 일이었다. 4년을 벌어 대학이라는 곳에 갔다. 악착같이 일하고 배웠다. 낮에는 일하고 밤에는 배우기를 4년, 그리고 다시 5년을 벌었다. 인생이 뒤집히고 처음 한 일이 대학원 진학이었으니 내가 아버지께 받은 유산이 또 하나 있는 셈이다.

배움에 대한 열망. 어떻게 해서든 하나 있는 딸자식은 잘 가르치고자 했던 아버지의 소원을 내가 이루어 드리고 싶었던 것인지도 모르겠다.

아버지 사고 이후, 2년 만에 어머니도 경제력을 상실하고 보상금을 까먹으며 생계를 유지할 때, 나는 내가 남들처럼 살 수 없음을 알 수 있었다. 슬프거나 억울하지 않았다. 단지 내가 이 분들을 책임져야 한다고 생각했다. 이른 나이에 경제력을 잃은 부모님을 내가 책임지려면 앉아서도 뛰어야겠다고 생각했다.

일하면서 배우고 하루에 7곳을 돌아다니며 아이들을 가르쳤다. 끼니를 거르는 날이 다반사고, 먹더라도 길거리 음식이 대부분이었다. 빨리 먹고 다른 곳으로 이동을 해야 하니 서서 먹을 수 있는 어묵이나 빵으로 배를 채웠다. 힘든 줄 모르고 일했다. 내가 스스로 만들어 갈 수 있는 일이어서 좋았다.

더 잘하기 위해서, 더 많이 벌기 위해서 이리 뛰고 저리 뛰었다. 그러는 사이에 나는 점점 더 사라지고 일만 남았다. 일을 많이 하는데도 불안했다. 더 해야 할 것 같고 지금 당장이라도 일을 잃을 것만 같았다. 앉아서도 뛰는 습관은 서른 해가 지나도록 고쳐지지 않았다.

내가 다 자라 출가할 때까지 우리 집에는 교과서나 전공 서적 외엔 책이 거의 없었다. 있었다면 시집 몇 권이 전부다. 책을 사 달라고 요구한 적도 없고 부모님께서 책을 읽으라고 하지도 않으셨다. 심지어 공부하라는 말씀도 안 하셨다. 그렇게 책과는 멀어진 어린 시절을 보내고 나는 어른이 되었다.

첫아이를 낳고 책의 중요성을 알았을 때 나는 아이에게 책 읽는 모습을 보여줘야겠다고 생각했다. 그래서 책을 읽기 시작했다. 그런데 한 페이지도 제대로 이해하기 힘들었다. 한 장을 넘기면 앞의 내용이 생각나지 않았다.

그즈음 나는 평생교육원에서 사회복지학 공부를 하고 있었는데 신학기에 정·속독 강좌가 있다는 것을 알게 되었다. 사회복지학 학위를 취득하는 과정 중에 속독 강좌를 들으면서 나는 책과 친해지기 시작했다. 다행히 난독증은 아니었다. 책과 가까이 지내본 적이 없고 책을 읽는 방법을 몰라서 서툴렀을 뿐이다.

환경은 인생을 만든다. 어떤 환경에서 자라느냐에 따라 어떤 어른으로 자랄지가 결정된다. 내가 늦깎이 대학생이 되어 처음 책 한 권을 읽었듯이 느리지만, 천천히 가도 괜찮다. 하지만 내 아이에게는 책을 읽을 수 있는 환경을 만들어 주고 싶었다. 이왕이면 함께 읽고 나누고 싶었다.

오롯이 책과 하나 되기

———

남다른 어린 시절을 보낸 나는 책과는 멀어진 삶을 살았다. 내가 난독증이 아닐까 생각했던 것도 배움을 이어가지 못했던 부모님의 영향이 컸다. 책에 대한 중요성을 알지 못했다. 책을 사주지도 않았고 도서관을 이용하도록 권하지도 않으셨다. 학교 공부가 다라고 생각했었던 것 같다.

나 또한 도서관이 뭐 하는 곳인지도 몰랐다. 선생님께 들었겠지만, 관심 밖이었다. 내 기억 속에 도서관의 모습은 없다. 책이라고는 교과서 외에는 접해본 적 없는 어린 시절을 보냈다.

그런 내가 어떻게 글짓기 대회에서 상을 휩쓸고 다녔는지 이해하기 어렵다. 잘 쓰려면 잘 읽어야 한다는 것이 일반적인 견해이기 때문이다. 그래서 나는 잘 읽어야 잘 쓴다는 일반적 견해에 동의하지 않는다. 물론 많이 읽고 잘 읽으면 쓰고 싶어지고 더 잘 쓰게 되기는 한다. 그런데 책을 읽어야만 글을 잘 쓸수 있는 것은 아니라는 말이다.

내가 늦깎이 대학생이 되고 전공 서적을 받아 들었을 때 헉! 소리가 저절로 나왔다. 대부분 3백 페이지가 넘었고 그림은커녕 글자도 매우 작아서 읽기 전부터 읽기가 싫어졌다. 하지만 읽어야 했기에 두꺼운 책을 들고 씨름을 했다.

한 줄 한 줄 정말 장인의 눈길로 책을 읽었다. 무척 오래 걸렸다. 하루 종일 읽어도 한 권을 다 읽지 못했다. 그래도 읽어야 했다. 그래야 수업에 참여할 수 있으니까 읽고야 말았다. 그렇게 4년을 보냈다. 남들보다 몇 배는 노력했다. 단 한 번도 학점을 떨어뜨리지 않고 꾸준히 높였다.

대학을 졸업하고 첫 아이가 내게 왔을 때 많은 공부를 했는데 사회복지학 학위 취득 후 무엇을 더 공부할까 고민하던 찰 나에 정·속독 과정이 눈에 띄었다. '책을 정확하고 빠르게 읽을 수 있다고?' 유레카였다. 이 과정을 수료하면 내 아이 독서 교육도 잘 시킬 수 있고, 다른 아이도 지도할 수 있다기에 더욱더 끌렸다.

짧지 않은 과정이었고 수강료가 싸지 않았지만 망설이지 않았다. 첫 수업이 있던 날, 무척 설레는 마음으로 강의실에 들어섰다. 몇 가닥 남지 않은 머리카락을 가로질러 손질한 교수님이 학우들을 맞이해 주었다. 출발이 좋았다.

교수님의 얼굴을 뚫어져라 바라보며 한 마디를 놓치지 않기 위해 녹음하며 필기했다. 강의가 끝나고 집으로 돌아오면 녹음한 것을 다시 듣고 실습했다. 쉽지 않았다. 집중이 흐트러지고 다시 나의 독서 습관대로 돌아갔다. 흐트러지면 돌아오고 또 돌아오기를 반복하며 연습하고 또 연습했다. 책을 읽으며 눈과 마음과 생각이 하나가 된다는 것은 오롯이 그 시간에 머무는 것이었다. 그렇게 나는 책과 하나가 되어 갔다. 전공 서적을 억지로 읽을 때와는 완전히 다른 느낌이었다.

태어나 책과 하나가 되는 기쁨을 느낀 것이 그때가 처음이었다. 내 나이 스물아홉이 되던 해였다. 나는 생각했다. '어떤 부모를 만나느냐에 따라 경험치가 참 많이 달라지는 거구나! 내가 어렸을 때 부모님이 책을 읽게 하셨다면 나는 이 희열을 일찍 맛보았을 텐데.'

부모님을 원망한 것은 아니다. 단지 내가 걸어가야 할 부모의 길에는 반드시 책을 가지고 가겠다는 다짐이자 맹세를 했다.

갓난아이와 함께 수료식 가기

———

　　　　　　내가 자격증을 취득하기 시작한 것은 열여섯 살이 되던 해였다. 상업고등학교 진학을 앞두고 컴퓨터 학원을 잠깐 다닌 적이 있는데 그때 워드프로세서 2급 자격을 취득했다. 이후 1년마다 하나씩 자격증을 취득하면서 무사히 졸업할 수 있었다.

　운전면허는 스물한 살이 되던 해에 새벽마다 친구에게 운전을 배운 덕분에 어렵지 않게 취득했고 이후 사회복지사로 활동하고 싶어서 1종을 추가로 취득했다.

　아이가 태중에 있을 때 사회복지학 학위 취득을 시작으로 보육교사 자격증을 취득하고 정·속독 자격증 취득 과정에 등록했다. 평생 교육사 자격은 대학 시절 20학점을 더 듣고 취득했고 교육대학원에 진학하면서 중등학교 정교사 자격을 취득했다.

정·속독 과정이 끝날 무렵, 나는 출산을 했고 아이가 태어난지 10일 만에 수료식에 참석했다. 출산한 지 10일 만에 수료식에 나타난 나를 보고 사람들은 박수를 아끼지 않았다. 아이도똑 부러지게 잘 키울 것 같다는 학우들과 교수님의 긍정 확언을줄줄이 받고 있자니 몸 둘 바를 몰랐지만 싫지 않았다.

설레고 희망 가득한 수료식이었다. 교수님께서 주시는 에너지와 실천 가능한 미래 계획은 나를 들뜨게 했다. 독서를 통해나를 변화 시키고 내 아이도 잘 키울 수 있을 것이고 나아가 다른 아이들도 책 읽는 즐거움을 알게 해주는 선생님이 될 수 있다고 생각하니 가슴이 뛰었다.

내 꿈은 여경에서 군인을 거쳐 여러 번 바뀌었고 신사임당처럼 현모양처가 되고 싶었던 적도 있었다. 선생님을 꿈꾸기 시작한 것은 초등학교 6학년 때 자상하고 멋진 담임선생님을 만나고 나서부터다.

글짓기를 곧잘 하고 발표력도 있어서 반장을 해보라고 권하신 분이 바로 6학년 때 담임선생님이다. 나뿐만 아니라 다른 아이들의 탤런트를 쏙쏙 알아내시어 격려와 응원을 아끼지 않으셨다. 나도 그런 선생님이 되고 싶었다.

16년 만에 꿈을 이룬다 생각하니 말로 표현할 수 없을 만큼 설렜다. 교수님의 말씀 한마디 한마디가 가슴으로 고스란히 들어왔다. 배우는 과정에서도 수없이 말씀하셨던 동기부여의 말들을 비슷하게 쏟아내시는 대도 하나도 지겹지 않았다. 새기고 또 새겼다.

이제 막 세상에 온 예쁜 천사도 주옥같은 말씀을 새근새근 듣고 있을 터였다. 내가 오롯이 책과 하나가 됨을 느꼈듯이 내 아이도 그 기쁨을 느끼게 해주고 싶었다. 나는 그때 결심했다. 책으로 키우겠다고.

수료식에서 돌아온 후 교수님께서 주신 제안서를 수정해서 출력했다. 그리고 내가 사는 곳과 가장 가까운 곳의 학교가 어디에 있는지 알아보았다. 생각보다 많은 학교가 있었다. 몸이 아직 회복되지 않았고 아이가 너무 어렸기 때문에 당장 일을 할 수는 없었지만, 마음만큼은 벌써 아이들을 만나고 있었다.

　그렇게 두 달이 흘렀다. 오랜만에 교수님께서 전화를 주셨다. 교수님께서는 다대포에 있는 학교에서 일해 볼 생각이 있으면 일주일 뒤에 가보라고 말씀하셨다. 아이가 아직 100일이 되지 않아 잠깐 망설여졌지만 가기로 마음을 먹었다.

3시간만 기다려

———

일을 시작하고 아이와 처음으로 떨어져 있게 되었다. 아이와 떨어질 때마다 묘한 죄책감이 밀려왔다. 하루 3시간, 아이를 두고 집을 나서야 하는 것이 하지 말아야 할 일을 하는 것 같은 이상한 감정이 들었다. 엄마와 있어야 할 아이의 시간을 빼앗는 기분이었다.

분명 아이 곁에는 할머니가 있었고 무척 안전한 상황인데도 불구하고 버스 안에서 아이를 생각했다. 잘 있을까, 울진 않을까, 나를 찾지 않을까, 불편한 것이 있지 않을까 하는 불안이 하나씩 올라왔다.

버스에서 내려 학교에 올라가면 아이 생각은 잠시 접어 두었다. 새로운 환경에서 완전히 새로운 일을 한다는 것은 나를 오롯이 옮겨 오는 일이다. 다른 곳에 두고 온 나는 지금을 살 수 없다. 지금, 이 순간에 머물러야 했다. 그래야 내 일을 해낼 수 있었다.

아이들을 만나서 배움을 나누는 일은 무척 즐겁고 설레는 일이었다. 선생님이라는 호칭도 마음에 들고 계속 듣고 싶었다. 아이들이 나를 기다리고 있다는 것이 좋았다. 나로 인해 변해가는 아이들이 자랑스러웠다.

동시에 집에서 기다리는 내 아이가 있었다. 이유식을 만들어 주어도 아이는 먹지 않고 할머니가 중탕해서 숟가락으로 떠먹이는 엄마의 모유를 삼키며 기다리는 내 아이가 있었다. 나중에는 그조차 먹지 않고 엄마의 가슴만 찾는 아이, 그래서 마음이 쓰였지만 세 시간이니 괜찮다고 생각했다. 매일 오후 1시 집을 나서며 말했다.

"3시간만 기다려~"

아이는 알아듣기라도 하듯 웃어주었다. 이후로도 아이는 분리불안을 겪지 않았다. 엄마와 떨어진다는 것에 대한 공포는 없는 것처럼 보였다. 지금도 아이는 어렵지 않게 엄마 없는 곳에서도 잘 먹고 잘 놀고 잘 잔다. 나와는 참 다른 모습이다.

아이가 문장을 만들기 시작하면서 어린이집에 보냈다. 하루 4시간 정도 어린이집에 머물 예정이었는데 첫날부터 아이는 어린이집을 무척 좋아했다. 일주일 동안은 적응 기간이었는데 그 시간이 무색할 정도로 제집인 것처럼 잘 먹고 잘 자고 잘 놀았다. 정말 신기했다. 첫날 나를 밀어내며 집에 가라고 했다. 친구들과 선생님을 무척 좋아했다.

아이를 데리러 가면 싱글벙글 웃으며 반갑게 나를 맞이해 주었다. 친구에게 인사도 잘하고 집에 와서는 그림을 그리며 놀았다. 하루 3~4시간 떨어져 있는 것을 힘들어하지 않아 다행이라고 생각했다. 잘 지내는 아이에게 무척 감사했다.

그때부터 아이는 독립적으로 잘 자라 주었다. 엄마와 함께 노는 것도 혼자 노는 것도 좋아했다. 친구와 노는 것도 선생님과 노는 것도 좋아했다. 가끔 뽀로로가 나오는 TV를 틀어주어도 금세 나에게 와서 말했다.

"엄마, 뭐해요?"

아이는 늘 엄마가 하는 일을 궁금해했다. 3시간 떨어져 있다 나를 만나면 늘 내가 하는 일을 물어보았다. 오늘 일을 정리하고 아이들 교재를 보고 있으면 아이는 변함없이 물었다.

"엄마, 뭐해요?"

아이와 떨어져 있는 3시간이 참 소중했다. 나의 일을 할 수 있는 시간이 좋았다. 아이에 대한 걱정은 잠시 내려놓아도 괜찮은 일이었다. 하루 종일 떨어져 있는 일이 아니기에 육아하며 할 수 있는 썩 괜찮은 직업이었다.

선생님을 기다려

———

　　방과 후 교사는 여러 면에서 무척 좋은 직업이다. 하루 3시간 일하고 육아와 병행해도 무리가 없다는 것이 가장 좋다. 아이들과 시간을 보낼 수 있다는 것 또한 매력적이다. 수업하면서 아이들의 긍정적 변화를 보는 것이 가장 보람 있는 일이다. 일하는 시간에 비해 수입도 괜찮다.

　　시간이 흐를수록 학교로 가는 시간이 빨라졌다. 조금 더 일찍 가서 수업을 준비했다. 청소도 하고 수업 도구도 챙겼다. 무엇보다 수업 전에 일찍 오는 아이가 있었다. 내가 오기도 전에 교실 복도에서 나를 기다렸다.

"경진아, 오늘도 제일 일찍 왔네. 들어가자."

일찍 오는 아이는 늘 일찍 왔다. 수업 시간에 늦는 아이는 거의 없었고 가끔 결석하는 아이들은 있었다. 수업이 끝나면 오지 않은 아이의 부모님께 전화를 드린다. 대개는 병결이다. 학교를 결석하는 아이도 있다.

한 달에 한 번은 아이들 부모님과 소통을 하는데 가끔 조부모님이 아이를 돌보는 경우가 있다. 상담하다 보면 아이의 생활이나 환경에 대해 알게 되는 경우도 종종 있다. 환경이 불우한 아이들에는 조금 더 마음이 간다.

수업 시간에 가만히 앉아 있지 못하고 벌떡 일어나 움직이는 아이가 있었다. 학부모 상담 기간에 전화를 드렸더니 아이의 할머니께서 전화를 받으셨다. 엄마는 없고 할머니가 아이를 키우고 있다고 하셨다. 나는 조심스럽게 ADHD가 의심된다고 말씀드렸더니 안 그래도 얼마 전 상담을 받았다고 한다. 할머니께서는 아이가 계속 수업을 듣길 바라셨고 나는 수락했다.

얼마 후 아이가 오지 않아 전화를 드렸더니 급성 장염으로 입

원 중이라고 했다. 마침 친정집과 가까운 곳에 입원 중이라 병
문안을 다녀왔다. 할머니와 아이는 나를 아주 반갑게 맞이해 주
었다. 이후로 아이는 수업시간에 소리를 지르거나 돌아다니는
일이 많이 줄었다.

한 아이는 책을 읽는 속도가 무척 빨랐는데 이해력과 독해력
도 좋았다. 다만 글로 표현하는 것을 힘들어했다. 한자 속독과
논술을 지도하고 있었는데 기초글쓰기까지 하기엔 시간이 부족
했다. 그래서 가끔 시간을 따로 내어 글쓰기 지도를 했다.

글쓰기를 힘들어하는 아이들의 대부분은 처음 쓰기를 두려워
했다. 무엇을 먼저 써야 할지 모르겠다고 하면서 점 하나를 찍
는 것도 힘들어한다. 하얀 도화지에 먹물이 튈까 두려워하는 것
처럼 공책이 더러워질까 두려워했다.

나는 방금 읽은 책에 나온 단어를 말해보라고 했다. 아이는
곧잘 얘기했다. 단어뿐 아니라 문장도 자유자재로 이야기했다.
줄거리를 제법 구조적으로 전달했고 느낀 점도 있다며 덧붙이
기까지 했다.

〈방과후 학교 한국사논술 시간〉

 방금 말한 것을 글로 써보라고 하니 또 망설였다. 아이는 말과 글이 별개라고 생각하고 있었다. 글이라는 것은 하나의 작품이라고 여기는 것 같았다. 잘못 썼다가는 뭔가를 망칠 것 같은 불안을 잔뜩 안고 있었다.

 나는 다시 말로 하게 했다. 이번에는 한 문장씩 끊어 말하게 했다. 그 문장을 내가 받아썼다. 아이가 불러주고 내가 쓴 문장들을 소리 내어 읽게 했다. 그리고 물었다.

"네가 말로 한 것을 선생님이 받아 적었어. 읽어 보니 어떠니?"
아이가 말했다.

"자연스러워요."
그게 다였다. 이후 아이는 망설임 없이 글을 썼다.

보기 드문 젊은 선생

———

내가 방과 후 교사로 일을 시작한 날이 아이가 태어난 지 딱 100일째 되던 날이었다. 아이가 태중에 있을 때도 그랬고 출산을 하면서도 고생해서 그런지 몸에 부기가 빠지지 않고 무척 힘들었다.

평생교육원에서 한자 속독 자격을 취득한 후 교수님이 소개해 주신 학교로 출강을 하게 되었는데 전임자가 인수인계를 해주겠다는 날이었다. 미룰 수 있는 입장이 아니라 무거운 몸을 이끌고 학교로 갔다. 수업도 재밌어 보였고 아이들도 무척 예뻤다.

특별한 인수인계도 없었다. 수업이 이루어지는 교실과 아이들 소개 정도가 전부였다. 나머지는 배운 대로 수업을 진행하면 되는 것이어서 부담 없이 시작할 수 있을 거라 생각했다.

그러나 내 예상은 빗나갔다. 아이들이 하교하면 1학년 교실에서 수업을 진행했는데 담임선생님이 예의가 없고 사람을 힘들게 했다. 내가 수업을 하는 내내 교실에 앉아서 통화하거나 잡담을 했다. 보통은 자리를 비켜주시거나 교실에 남아 있더라도 수업을 방해하지는 않는데 말이다. 나는 상관없이 수업을 진행했다. 그리고 들어가거나 나갈 때 웃으며 인사했다.

수업이 끝나고 아이들이 돌아가면 책상을 모조리 뒤로 빼고 청소를 시작했다. 아이가 기다리고 있었지만 먼지 하나 없이 깨끗하게 청소를 끝내 놓고서야 집으로 돌아갔다. 그렇게 한 달이 지난 후, 교실 선생님이 나를 불러 말했다.

"젊은 선생님이 참 예의가 바르고 수업도 잘하네. 요즘 사람 같지 않아!"

그렇게 한 학기가 끝나고 2분기 수강생 모집을 하는데 원래 있었던 아이들의 두 배 이상 신청을 했다. 13명에 인수인계를 받았는데 순식간에 27명이 된 것이다. 이후 1년이 되기 전에 60명이 되어 더이상 수강생을 받을 수 없게 되었다. 1교시에 20명 이상 수강이 불가했기 때문이다.

방과 후 수업은 주로 주 2회 수업을 한다. 나는 한 곳에서 수업을 진행하고 있었으니 최소한 한 곳은 더 출강할 수 있었다. 혼자 힘으로 학교에 제안서를 내야겠다고 결심했다.

처음 제안서를 제출할 때 무척 떨렸다. 영업사원이 된 것 같았다. 거절당하면 어쩌나, 어떤 이야기를 먼저 해야 하나, 어떤 말투로 이야기를 하지? 오만가지 생각들이 머릿속을 떠다녔다. 내 걱정과는 달리 친절하게 나를 맞이해 주었고 담당자에게 서류를 제출하고 나오는 길에 느낌이 참 좋았다. 그렇게 나는 주 4회 출강을 하게 되었다.

어느 정도 자리를 잡고 수업과 상담이 균형을 잡을 때쯤 나는 주 1회 출강할 학교를 찾았다. 사립 초등학교였다. 우선, 학교로 전화를 걸었다. 의외로 교장 선생님께서 전화를 받으셨다. 인사와 내 소개를 마치자마자 내일 괜찮은 시간에 학교로 오라고 하셨다.

나는 면접이라고 생각하고 제안서와 이력서, 그리고 자기소개서를 가지고 교장실로 갔다. 한자와 속독, 그리고 독서 논술을 한 번에 배울 수 있는 획기적인 제안서를 읽으시고는 첫 질문을 던지셨다.

"초등학생에게 논술이 필요한 이유가 뭔가요?"

"읽은 내용을 내 것으로 만들기 위해서입니다. 독서 논술을 하기 위해서는 읽은 내용을 이해하고 자신의 생각을 논리적으로 쓸 줄 알아야 하는데 이 과정에서 아이들은 읽은 내용을 자연스럽게 자기 것으로 만들고 필요한 순간에 실천할 수 있게 됩니다. 책을 읽고 충분히 이해한 후 자신의 삶과 연결하는 과정에서 한 가지라도 꼭 실천해야 한다고 생각해요. 그렇지 않으면 읽지 않은 것과 같지요."

"아이들이 힘들어하지 않을까요?"

"논술의 의미는 자신의 의견을 논리적으로 서술하는 것이지만 초등학생들에게는 그 의미에 국한하여 가르칠 필요는 없다고 생각합니다. 저학년의 경우 아이가 책을 읽고 자신의 생각을 한 줄이라도 표현한다면 좋은 출발이라고 생각해요."

교장 선생님은 더이상 질문이 없으셨다. 그리고 9월부터 출강하라고 하셨다. 방과 후 교실 강사 채용은 보통 겨울방학 중에 한다. 그런데 나는 8월의 어느 뜨거운 날, 직감을 믿고 전화를 걸고 면접을 봤다. 그렇게 나는 주5일 근무자가 되었다.

하루 3시간씩 주 15시간을 일하고 내가 번 돈은 월 250만 원이다. 시급 4만 원이 넘는 돈이다. 문학사 학위와 한자 속독 자격증 하나로 벌어들인 돈은 이후로 더 많아졌다. 학원에서 교실을 하나 빌려 1시간 수업을 하고 60만 원을 벌었고 문화센터에서 수업을 진행하고 주말 공부방을 운영하면서 월 300만 원이 훨씬 넘는 돈을 벌었다. 시간 대비 높은 수입이다.

오전 시간은 자유로이 활용했고 오후 3시간과 저녁 1시간, 토요일엔 3시간 일했다. 초기에 중간 시간을 확보한 이유는 아이의 수유를 위해서다. 단유를 하고 아이가 어린이집에 가기 시작하고 나서는 그 시간조차 채웠다.

아이가 처음으로 어린이집에 가던 날, 엄마와 함께 오전 시간을 보낸다고 해서 아이와 함께 등원했다. 등원하자마자 아이가 나에게는 집에 가라고 했다. 10분을 앉아 있지 못하고 등 떠밀려 집으로 왔다. 당연히 선생님께 전화가 올 거라고 생각했는데 오지 않았다. 2시간 후 어린이집으로 갔더니 아이는 어린이집 이곳저곳을 활보하며 무척 신나게 놀고 있었다. 나를 보고는 한걸음에 달려와 안겼다. 선생님도 나도 참 신기했다. 아이는 집에서도 어린이집에서도 잘 놀고 잘 먹었다. 아이가 하지 않는 단 한 가지는 낮잠. 선생님도 나도 낮잠 재우는 것을 포기했다.

나와 아이는 집에서도 사회에서도 잘 성장해 나갔다. 아이는 어린이집에서 세상을 하나씩 알아가고 나는 학교에서 학생과 학부모에 대해 하나씩 배워갔다. 아이는 어린이집에서 친구에게 얼굴을 물려와 아팠지만, 상처는 금방 아물었고 나는 촌지를 요구하는 교장 선생님 덕분에 한 번 주저앉았지만, 다시 일어섰다. 그렇게 5년 동안 아이는 어린이집에서, 나는 학교에서 한 걸음씩 성장해 나갔다.

세상에 하나뿐인 책갈피

　　　　방과 후 교사로 일하면서 독서의 중요성을 뼈저리게 느꼈다. 어릴 적 경험이 독서 습관에 영향을 미칠 수밖에 없다. 내 강좌에 수강하는 아이들의 부모는 한자와 정·속독의 중요성을 알고 있다. 보통은 아이들이 원해서라기보다는 부모님이 시켜서 나를 만나러 온다.

　방과 후 강좌는 분기마다 수강생을 모집한다. 3개월마다 처음 오는 학생이 생기는데 첫 시간에 나는 아이들의 사진을 찍는다. 첫날 수업이 끝나고 집으로 오면 신입생의 사진을 컴퓨터에 넣고 책갈피를 만들었다. 아이의 이름과 확언 문구가 새겨진 책갈피가 인쇄되어 나오면 반듯하게 잘라서 코팅을 했다. 중앙 상단에 구멍을 뚫어 실을 꿰는 것도 잊지 않았다. 아이마다 실의 색깔을 다르게 만들었다.

독서 환경을 만들어 주는 일은 내가 부모로서 가장 쉽게 할 수 있는 일이라는 생각이 들었다. TV나 인터넷 매체는 멀리하고 책을 가까이하는 모습을 보여주는 일이 전부이기 때문이다. 돈이 드는 일이 아니다. 수고스러운 일도 아니다. 낭비되는 시간을 덜어서 책 속으로 가져오면 되는 일이다.

내 아이가 어떤 어른으로 자라길 바라는지 스스로에 물어보았다. 몸과 마음이 건강한 어른으로 자랐으면 좋겠다. 마음을 건강하게 하는 일에 책이 꼭 필요함을 느꼈다. 잘 먹이고 잘 노는 것을 제외하면 아이를 양육함에 있어 나에게 가장 중요했던 것은 책이었다.

함께 시간을 보낼 때에는 미술도구와 함께 책을 가장 먼저 챙겼다. 낙서하고 그리며 노는 것을 좋아했기 때문에 어딜 가든 종이와 색연필이 필요했다. 그리고 작은 책 몇 권은 꼭 가지고 움직이려고 노력했다. 부피를 차지하지 않으면서도 그림이 예쁜 책, 그것은 필수품이다.

나는 아이가 돌이 되기 전에 사진을 찍어 세상에 단 하나뿐인 책갈피를 만들어 주었다. 사진 밑에는 '미래의 독서 짱' 이라고 쓰고 '나는 꼭 독서 짱이 될 것이다.' 라는 확언 문구도 넣었다. 마지막으로 '책은 나의 미래를 바꾼다.' 라고 타이핑 후 인쇄했다.

나는 매일 책갈피를 보면서 책 육아를 했다. 특별한 건 없었다. 책과 친하지 않은 엄마가 책 읽는 모습을 보여주는 것과 아이 책을 읽어 주는 것 외에는 내가 한 일이 없다. 다만 책과 친하지 않다 보니 연기력이 조금 필요했다. 책 속에 뭔가 무척 재밌는 것이 있는 것처럼 웃

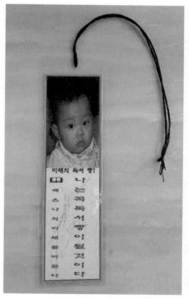

〈세상에 하나뿐인 책갈피〉

었고 때로는 고개를 격하게 끄덕이면서 공감을 표시했다.

18개월의 아이의 첫 문장, '엄마, 뭐해요?' 라는 질문은 이후로 계속되었다. 책을 읽고 있을 때도 나에게 다가와 말했다.

"엄마, 뭐해요?"

그때마다 나는 아이에게 책의 내용을 아이의 수준에 맞게 전달해 주었다. 그리고 아이가 책을 가지고 오면 읽어 주었다. 같은 책을 여러 번 읽어 주길 바라면 100번이고 200번이고 읽어 주었다. 책갈피의 확언대로 키우기 위한 나의 노력은 계속되었다.

14살이 된 아이는 12시간 동안 쉬지 않고 책을 읽는다. 600페이지가 넘는 소설책 3권을 하루 만에 다 읽어버린다. 책 속에 즐거움이 있다는 것을 빨리 알아차린 덕분이다.

PART

03

아이는 6살,
나는 슈퍼우먼

1년 동안 나는 상황에 맞춰 세 가지 일을 했다.
손에 익지 않고 낯선 환경이었지만
어느 곳에 있든 내 역할을 훌륭하게 해냈다.
그때 아이는 6살이었고 나는 슈퍼우먼이었다.

주경야독, 나는 대학원생

———

나에게 아무것도 남지 않은 어느 날, 달리는 버스에 앉아 멍하니 밖을 바라보고 있었다. 밖을 바라봤다기보다 생각과 초점을 잃은 얼굴로 앉아 있었다고 하는 것이 맞을 것이다. 얼마나 달렸을까? 버스가 어느 정류장에 섰는데 대형 현수막이 눈에 들어왔다. 현수막에는 '교육대학원생 모집'이라고 새겨져 있었다. 아무 생각도 없던 내 머릿속에 스파크가 일어났다. 가슴이 뛰었다. 가슴이 내게 말했다.

"다시 공부하고 싶어!"

나는 그길로 바로 준비사항을 알아보고 지원서를 작성했다. 그리고 두 달 후 대학원에서 동기들과 새로운 공부를 시작했다.

가슴이 시키는 것을 했다. 내가 하고 싶은 것을 하게 해주었다. 나는 점점 자신감을 찾고 살아갈 힘을 얻기 시작했다. 내가 좋아하는 일이 잘할 수 있는 일이 되어 갈 때의 희열을 뭐라고 설명할 수 있을까?

스무 살, 갓 어른이 되었을 때 나는 남들 다 가는 대학에 진학하지 않았다. 사고로 경제력을 잃은 부모님을 대신해서 돈을 벌어야 했기 때문이다. 4년 후, 내 힘으로 대학에 갔다. 스물네 살, 늦깎이 대학생은 배움이 즐거웠다. 얼마 지나지 않아 내가 과를 잘못 선택했다는 것을 알았지만 다시 마음을 고쳐먹고 열심히 주경야독했다. 대학 1학년부터 4학년까지 한 번도 학점을 하락시키지 않고 꾸준히 상승시켰다. 마지막 학기에는 18학점을 취득하며 올 A+로 자랑스럽게 졸업을 했다. 보통 마지막 학기는 남은 학점만 채우면 되기 때문에 4학점 또는 6학점을 듣는다. 나는 타 전공 강의까지 들으며 향학열을 불태웠다. 아마 남들 다 가는 대학에 제때 가지 못했기 때문에 그렇게 열심히 하지 않았을까 생각한다.

세상이 뒤집히고 내가 처음 한 일은 역시 배우는 일이었다.

내가 배움에 목이 말랐든 그렇지 않든 나는 가슴이 뛰는 일을 하게 했다. 먹고살기 위해 발로 뛰는 대신 가슴이 뛰는 일을 시작했던 것이다. 그리고 지금 나는 내가 하고 싶은 일을 하며 행복하게 살고 있다.

교육대학원에서 많은 것을 배웠다. 사람들과 함께 공부하는 기쁨을 오롯이 느끼기도 했다. 가르치는 것을 배운다는 것은 또 다른 의미가 있다. 내가 알고 있는 것을 듣는 이는 모른다는 것이 전제되어야 제대로 가르칠 수 있다. 상대가 누구냐에 따라 방법도 달라져야 한다. 지적 수준이나 배경지식에 따라 동기부여의 방식도 달라진다. 사람에 대한 이해가 바탕이 되어야 하는 것이 가르치는 일이라는 것을 알게 되었다.

내가 사람을 대하는 일을 하고 싶어 한다는 것을 알게 된 것이 가장 큰 수혜였다. 내가 알고 있는 것을 다른 사람에게 알려주는 것을 좋아하는 사람이라는 것도 알게 되었다. 좋아하는 일이 잘하는 일이 되는 과정이 정말 좋았다.

학부 시절, 첫 과제 발표 시간을 잊을 수 없다. 한마디 못하고서 있다 내려와 어찌나 많이 울었는지 그때를 생각하면 아직도 감정이 좋지 않다. 많은 생각을 하게 되는 아픈 경험이다. 교수님 덕분에 바닥으로 떨어진 자존감은 조금 회복되었지만, 이후로도 교단 공포는 사라지지 않았다.

우울증과 불안장애를 극복하면서 신기하게도 교단 공포가 점점 사라졌다. 어느새 내가 하고 싶은 이야기를 자유롭게 하기 시작했다. 지금 생각해봐도 참 신기한 일이다. 발표를 거듭할수록 여유로운 미소까지 장착하고 질문을 받는 프로다움까지 발산하는 나를 보면서 인간의 잠재력은 그냥 봐서는 모르는구나 하고 생각했다.

내가 경험했기에 알 수 있다. 아이들이 쭈뼛쭈뼛하며 한마디 말을 못 하더라도 자신을 표현하고 싶은 욕구는 있다. 어떤 계기로 물꼬만 터 준다면 쏟아 나올 물줄기는 누구에게나 있다. 나는 내 경험이 아이들에게 마중물 역할을 할 수 있기를 바란다. 그래서 나는 경험을 나누는 것을 아끼지 않는다. 내가 얼마나 지질했었는지 적나라하게 이야기해준다.

아이들은 내가 처음부터 말을 잘하고 남들 앞에서 떨지 않았을 거라고 생각한다. 아직도 많은 사람 앞에서 강의할 때 떨린다는 사실을 모르는 것 같다. 나는 누구나 사람들의 시선 앞에서 작아진다고 생각한다. 정도의 차이는 있지만, 처음부터 잘했던 사람은 없

〈4학년 2학기 18학점 4.5 올A+ 성적표〉

고 점점 발전해왔다고 믿는다. 그래서 누구나 할 수 있는 일이라고 말해준다. 처음에는 한 마디, 다음은 두 마디씩 늘려 말하다 보면 언젠가는 3분, 10분, 1시간 동안이라도 자신의 이야기를 맘껏 할 수 있게 된다. 얼마나 솔직한가가 문제지 얼마나 말을 조리 있게 하는가는 문제가 되지 않는다는 것을 아이들도 곧 알게 될 것이라고 믿는다.

어린이집 선생님

———

5년간 방과 후 교사로 일하면서 많은 것을 배웠다. 학교의 문화와 교사라는 직업에 대해서 알게 되었고 아이들을 가르치는 것 외에 많은 일을 해야 한다는 것도 알게 되었다. 이후 그것이 학급 경영이라는 것을 알게 되었지만, 당시에는 교사라는 직업도 사무직과 크게 다를 것이 없다는 생각이 들었다.

나는 프리랜서로 일을 했지만, 학교에 소속된 교사들은 아이들을 가르치는 일 외에도 많은 업무를 해야 하고 그것에서 오는 스트레스도 만만치 않겠다는 생각도 했다.

물론 방과 후 교사도 아이들을 가르치는 일 외에 많은 일을 한다. 부모 상담을 하고 분기마다 수강생 모집을 한다. 달마다 출석부를 정리해서 올리고 분기마다 성적표를 가정으로 보낸다.

방과 후 교사로서의 5년은 학생, 교사, 학교, 사람을 공부할 수 있는 시간이었다. 힘든 일도 있었고 기쁜 일도 있었다. 5년을 마무리하는 시점에서 상황으로나 마음으로 다른 일을 찾을 때가 되었다는 생각이 들었다. 다른 일을 해보고 싶었다.

아이들이 좋고 배움을 나누는 것을 좋아하는 내가 할 수 있는 일을 생각해 보았다. 오래 생각할 것도 없었다. 사는 곳과 멀지 않은 어린이집을 알아보고 바로 지원했다. 한 달 후 나는 17명의 4살 아이들의 부담임이 되었다.

3월이 시작되기도 전에 출근을 했다. 아이들을 맞이할 준비로 분주했다. 교실을 꾸미고 신발장에 아이들 이름을 붙였다. 교구를 소독하고 수업계획을 세웠다. 어떤 아이들을 만나게 될지 설렜다.

정식으로 풀잎반 아이들을 만나는 날에 차량 지도를 했다. 엄마와 떨어지지 않으려고 하는 두 명의 아이를 달래느라 진땀을 뺐다. 겨우 차에 태우고 안전띠를 매주려고 하는데 나를 안고 떨어지지 않으려고 했다. 겨우 설득해서 이동을 했지만, 결국 예상했던 시간보다 많은 시간이 지체되고 말았다.

몇 명의 아이들이 3월이 지나고 4월이 되기까지 종종 엄마를 찾으며 울었다. 그럴 때마다 아이들은 나에게 와서 안아달라고 했다. 내가 엄마처럼 포근한 모양이었다. 나의 짝 선생님은 겨우 40kg이 나가는 아주 왜소한 체형을 가지고 있어서 그런지 아이들은 주로 나에게 안겼다. 아마 내가 아이를 키우고 있는 엄마라 그랬는지도 모르겠다.

낮에는 아이들을 보육하고 밤에는 학교에서 공부하는 일이 그리 녹록지 않았다. 그래도 견딜 수 있었던 것은 나를 잘 따르는 아이들이 있었고 집에서 나를 기다리는 아이가 있었기 때문이다.

아이와 함께 같은 어린이집으로 출근을 할까도 생각했지만 아이는 집 앞 어린이집에서, 나는 버스로 열 정거장 떨어진 어린이집에서 낮시간을 보냈다. 내가 하는 일과 아이의 일상이 같아지니 많은 이점이 있었다. 아이가 배우는 것을 함께 이야기하고 주말에는 집에서 관련된 활동을 하기가 훨씬 쉬워졌다. 그때부터인 것 같다. 아이와 대화하고 기획하여 활동하는 놀이를 시작한 것이.

요즘은 아이와 함께 책을 쓰는 것을 기획하고 있다. 나는 글을 쓰고 아이는 그림을 그린다. 그 과정이 얼마나 즐거운지 모른다. 학교에서 체험 학습을 다녀온 후 아이는 북 디자인에 관심을 가졌다. 인디자인과 포토샵, 포토그래픽을 익히고 싶다고 했다. 나는 책을 사주었고 아이는 책을 보며 독학을 하기 시작했다. 아이와 함께 하는 모든 것이 즐겁다.

아이들이 낮잠을 자는 시간에는 5, 6, 7세 아이들에게 한글과 수를 가르쳤다. 틈틈이 수첩도 써야 했다. 만만치 않은 일정이었다. 낮에는 그렇게 쉼 없이 몸과 마음을 쓰는 일을 했다. 그리고 5시가 되면 학교에 갔다. 학교에 가면 내 공부가 시작되었다.

매일 집으로 돌아가면 10시가 넘었다. 아이를 재우고 나면 과제를 하느라 시간을 보냈다. 다음 날이 되면 가장 먼저 출근을 했다. 낮에는 아이들을 보육하고 밤에는 공부하는 일이 몸에 부딪다 보니 사흘이 멀다 하고 몸살을 했다. 1시간 정도 시간을 내어 병원에서 간단히 링거를 맞으며 버텼다. 단 한 번도 결근과 결석을 하지 않았다.

3월과 4월을 그렇게 보내고 5월이 되었다. 5월 한 달간은 교생 실습 기간이라 중학교로 출근을 했지만, 동영상과 사진으로 아이들을 볼 수 있었다. 한 아이는 내가 보고 싶다며 전화를 하기도 했다.

나이 많은 교생선생님

———

    마음이 저절로 따뜻해지고 꽃길을 맘껏 걷고 싶은 5월, 부산 어느 중학교에 갔다. 몇 년 정도 꿈꿔 온 일이다. 아침마다 학교로 출근하는 일. 아이들과 함께 낮시간을 보내는 일을 해보고 싶었다. 2012년 5월, 꿈은 이루어졌다.

    설레는 첫날, 사수를 따라다니며 학교 이곳저곳을 살펴보았다. 교무실을 시작으로 각 교실까지 학교 곳곳을 소개해 주었다. 학창시절을 떠올리며 미소 띤 얼굴로 학교를 돌아다녔다.

    사수는 나보다 한 살 많았는데 이미 15년 차 교사였다. 교대를 졸업하고 바로 임용되었다고 했다. 처음부터 교사의 꿈을 꾸고 그 길을 걸어온 것이다. 부러웠다. 한길로만 온 그녀가 멋져 보였다.

국어 시간에 3분의 2의 학생이 책상에 엎드려 자는 모습을 목격했을 때 나는 적잖은 충격을 받았다. 더 충격적이었던 것은 수업하는 선생님이 깨우지 않는다는 것이다. 실습하는 교생 입장에서 왜 깨우지 않느냐고 물어볼 수는 없었다.

단지 나는 내가 들어가는 1학년과 3학년 교실에서는 결코 자는 학생이 한 명도 없게 하리라 다짐했다. 사수는 내가 바로 수업을 진행하길 바랐다. 그날 집으로 돌아와 6시간 동안 수업 교구를 만들었다. 아이들의 이름을 하나하나 오려 자석을 붙이고 조별 이름도 만들었다.

첫 수업 시간, 교실로 들어섰다. 떨릴 겨를도 없이 준비한 교구를 칠판에 붙였다. 첫 시간은 조를 짜겠다고 말했다. 엎드려 있던 아이들 몇 명이 고개를 들었다. 나는 아이들 한 명 한 명 앞으로 나와 자신의 이름을 찾게 했다. 자신의 이름을 찾아 들고 다시 들어가게 했다. 중간에 비슷한 이름을 배치해 두었기 때문에 아이들은 안구운동을 열심히 했다. 자리로 돌아가 앉아 있는 아이들을 호명하며 다시 붙이고 떼어 옮기며 조 짜는 게임에 빠지게 했다. 조를 짜며 첫 시간을 보냈다. 한 아이도 엎드려 자지 않았다. 성공이다.

두 번째 시간부터 본격적인 수업이 시작되었는데 나는 무조건 토론 수업으로 진행했다. 주제가 무엇이 되었든 한 명씩 발표하게 했다. 조별로 의견을 나누고 토의를 할 수 있도록 토론 지도 준비했다. 중간중간 조별 점수를 붙이고 수업이 끝날 때마다 뽑기를 해서 선물을 주었다.

'희(hee)스토리' 시간을 만들어 나의 자격증을 화면에 하나씩 띄우고 강의했을 때에는 아이들 눈이 반짝반짝 빛났다. 이후 나는 전 교실을 돌아다니며 같은 강의를 해야 했다. 사수가 자신이 들어가는 모든 교실에서 같은 강의를 해주길 요청했다. 토론식 수업이 아니었는데 아이들은 단 한 명도 엎드려 자지 않았다. 많은 아이가 나에게 편지를 주며 고맙다고 했다. 어떤 아이는 자신이 좋아하는 것이 뭔지 알게 됐다면서 자격증부터 취득하겠다고 말했다.

〈나이 많은 교생선생님〉

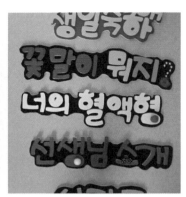

〈교실 환경미화―폼아트〉

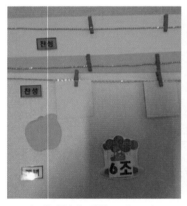

〈토론 학습을 위한 조별 보드〉

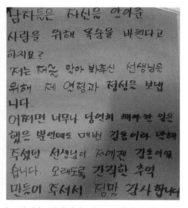

〈교생실습 마지막날 지도 교사에게 쓴 편지〉

교생 실습을 마치는 날, 나는 만점을 받았다. 교생 실습을 하는 한 달 동안 많은 것을 배우고 느꼈다. 한 달이 어떻게 흘렀는지 모를 정도로 오롯이 아이들과 수업에 집중했다. 편지와 선물도 받았다. 나도 밤새 만든 선물과 함께 POP로 쓴 손편지를 준비했다. 지도 교사는 더 높은 점수가 없어서 100점밖에 못 준다고 말했다. 헤어짐이 아쉬웠는지 눈물을 보이기도 했다. 교생 실습 점수가 만점인 사람은 나밖에 없었다. 내가 할 수 있는 일은 모두 했다. 내 수업 시간에 자는 아이들이 한 명도 없게 하리라는 스스로와의 약속도 지켰다. 그것이면 충분했다.

교생실습이 끝나고 다시 4세 반 아이들에게로 돌아왔다. 석사 논문을 쓰면서 몸이 고된 일을 하려다 보니 또 이틀이 멀다 하고 몸살이 났다. 고열과 근육통이 동반되었는데 나는 링거를 맞으며 버텼다. 더는 버틸 수 없다는 생각을 하고 있을 때쯤

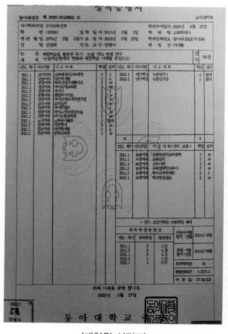

〈대학원 성적표〉

함께 공부하는 동기가 조교로 일하는 것이 어떻겠냐고 물어왔다. 한 번도 해본 적 없는 일이었다. 내가 대학생이었을 때 바라본 조교의 모습은 도도하고 당당해 보였다. 지적 수준이 높고 통솔력도 뛰어나 보였다. 가지고 싶었다. 조교라는 직업을.

교육대학원에서 국어교육을 전공하면서 중등 정교사 자격을 취득했다. 아이가 태중에 있을 때 취득한 보육교사 2급 자격증도 나에게 직업을 가져다주었다. 학부 때 취득한 평생 교육사 자격은 수업 프로그램을 기획할 때 전반적으로 쓰인다. 사회복지학 학위를 취득하는 과정에서 공부한 것들은 인생 전반에 걸쳐 나의 철학을 뒷받침해주고 있다.

대학원 조교

감사하게도 교수님의 추천으로 타 학과 조교로 일하게 되었다. 내가 일한 곳은 토목공학과 학과사무실이었다. 대학생뿐만 아니라 대학원생들을 상대로 일하는 것이라 다양한 나이의 학생들을 만날 수 있었다. 교수님 일을 보조하는 것뿐만 아니라 학과의 행정적인 업무까지 처리해야 하는 다양한 능력을 요하는 직업이었다.

학과 특성상 남학생들이 대부분이었다. 공격적이고 까다로운 대학원생도 있었다. 가끔은 앞뒤 가리지 않고 전화로 언성을 높이는 학생도 있었다. 그럴 때마다 당황하지 않고 차분히 내가 아는 사실대로 설명했다. 이해하지 못했는지 한 대학원생이 학과사무실로 찾아왔다. 노크도 없이 학과사무실 문을 열고 들어온 학생이 말했다.

"몇 살이에요?!"
목소리를 높여 물었다.

"나이를 묻는 이유는 알겠는데 알려 드리고 싶진 않네요. 확실한 건 선생님보다 제가 많은 것 같아요. 6살 된 딸아이가 하나 있는데 답이 되었으면 좋겠네요."
나는 웃으며 말했다. 당연히 자신이 많을 거라고 확신하고 호기롭게 나이를 물었던 학생은 당황했다.

나는 다시 차근차근 설명해 주었고 학생은 얌전히 들었다. 이해를 마친 학생은 나에게 사과를 하고 돌아갔다. 산전수전을 다 겪으며 나이를 먹어가니 웬만한 사람이나 상황은 나를 흔들어 놓지 못한다. 경험의 힘이다.

나는 중증 우울증과 불안 장애를 겪으면서 지하 20층까지 떨어졌다가 다시 올라왔다. 10개월 동안 약 없이는 잠들 수 없었고 길을 걸으면 수도 없이 뒤를 돌아봤다. 그러는 동안 자살 시도를 했고 끊어진 혁대는 나를 죽음으로 이끌지 못했다. 나를 살려 놓은 힘이 무엇인지 나는 아직 모른다. 아직 남은 사명의 힘인지 한 가닥 살고자 했던 마음이었는지 아직도 나는 알 수가 없다.

그냥 아팠다고 말한다. 아파서 그랬다고 말한다. 살아낼 힘이 없었지만 그래도 살아야 했다. 두려웠지만 살아야 했다. 스무 살이 되기도 전에 내 두 어깨에 앉아 계셨던 부모님, 내가 하늘이라고 믿는 딸아이, 이 세 사람은 내가 더 살아야 하는 이유로 충분했다.

혈관이 터져 부은 왼쪽 볼을 긴 머리로 가리고 아무 일도 없는 듯 일을 했다. 약을 먹고 버티며 일했다. 방과 후 교사와 어린이집 교사, 교생, 대학원 조교로 일하며 보내는 동안에 단 한 번도 결근하지 않았다. 우울증과 불안 장애가 나를 지배할 때 그 속에 빠져만 있었다면 나는 살지 못했을지도 모른다. 그래도 다시 일어설 수 있었던 것은 내가 하는 일이 있었고 함께 있어 준 가족 덕분이다.

1년 동안 나는 상황에 맞춰 세 가지 일을 했다. 손에 익지 않고 낯선 환경이었지만 어느 곳에 있든 내 역할을 훌륭하게 해냈다. 그때 아이는 6살이었고 나는 슈퍼우먼이었다.

머리카락 어디 갔어?

———

　대학원에 진학한 지 2년 차에 접어들었다. 졸업 논문과 보고서 중 선택해야 했다. 대부분 보고서로 대체했으나 나는 논문을 쓰겠다고 했다. 얼마 지나지 않아 지도교수님께서 논문계획서를 제출하라고 하셨다. 처음 해보는 일이었다. 학부 졸업 논문과는 차원이 달랐다.

　'재밌고 실용적인 글쓰기'에 대해서 쓰고 싶었다. 재미있는 글쓰기라는 것은 내용에 해당하는 것이 아니라 쓰는 사람의 마음가짐이다. 실용적인 글쓰기라는 것은 글쓰기로써 변화를 추구하는 것이며 실천할 수 있는 글쓰기를 말한다.

국어국문학을 전공하고 현장에서 5년 넘게 논술을 가르쳤다. 그러다 보니 딱딱한 글쓰기가 일상화되고 아이들은 형식에 맞춰 외우듯이 글을 쓰기 일쑤였다. 재밌게 가르쳐야 한다고 생각했다. 아이들이 자신의 생각을 자유롭게 쓸 수 있도록 돕고 싶었다. 나의 논문계획서를 보시고 교수님께서 말씀하셨다.

"이거 쓸 수 있겠어? 이런 주제로 쓴 논문이 없어서 참고하기도 힘들어."

나는 호기롭게 말했다.

"쓸 수 있습니다!"

나는 그동안 수업한 것을 토대로 논문을 쓰기 시작했다. 여러 가지 논술 수업을 누구나 보고, 할 수 있도록 기록했다. 첫 논문 심사 일까지 시간은 쏜살같이 가버렸다.

첫 논문 심사 시간, 자신이 없었던 나는 곁가지에 신경을 썼다. 어떻게 발표를 마쳤는지 생각도 나지 않는다. 같은 날 발표한 유리 선생님은 칭찬 일색이었고 나는 지적만 한 다발 받았다. 그때 느꼈던 모멸감은 아직도 내 몸과 마음에 새겨져 있다.

집으로 오는 길에 흐르는 눈물을 주체할 수 없었다. 아무 생각이 나지 않고 그냥 눈물만 흘렸다. 버스에서도 눈물은 멈추지 않았다. 나중에는 내가 왜 울고 있는지도 잊었다. 현관을 들어서기 전 밝은 얼굴로 재빠르게 바꾸고 아이를 안았다. 한결 마음이 편안해졌다. 그날 밤 나는 뜬눈으로 밤을 새웠다.

주말을 그렇게 보내고 새 주에 학교로 갔다. 교수님 부름을 받고 갔을 때 한결 부드러운 눈길로 몇 권의 책을 권하시며 도움이 되었으면 좋겠다고 하셨다. 나는 힘을 얻어 다시 써보기로 했다. 처음부터 포기할 생각은 추호도 없었다. 다만 다른 사람과 내가 비교되는 것을 견딜 수가 없었다. 잠시 주저앉아 쉬었을 뿐이다.

그날부터 낮이고 밤이고 논문 생각만 했다. 수없이 책을 읽고 비교하고 적용했다. 참고 문헌이 몇십 권을 넘어가고 있을 때 비로소 논문이 무엇인지 갈피를 잡을 수 있었다. 논문에 몰입할수록 새로운 세계가 열리면서 나를 돌볼 시간이 사라졌다. 두통에 시달리면서도 쉬지 않았다. 멈추지 않았다. 쓰면 쓸수록 읽어야 할 책이 늘어났다. 그러던 어느 날, 작은 밥상 위에 노트북을 올려놓고 미친 듯이 자판을 두들기고 있는 나를 내려다보던 아이가 물었다.

"엄마, 머리카락이 어디 갔어요?"
나는 아이가 무슨 말을 하는지도 모르고 대충 뭉개며 대답했다.

"응, 엄마 공부하고 있으니 조금만 기다려줘."
아이는 또 얌전히 책장을 넘기고 있었다.

석사 논문을 쓸 때 매일 읽어주던 동화책을 하루씩 건너뛰기 시작하고 점점 더 그 간격이 넓어질 때 아이는 스스로 한글을 깨쳤다. 다섯 살이 되던 해부터 글자를 손가락으로 하나씩 짚으며 읽어주었던 것이 효과가 있었던 모양이다. 어느 날 아이는 내가 새로 사준 책을 스스로 읽었다. 그림만 보는 줄 알았더니 내용을 줄줄 이야기했다.

각자의 책을 읽으며 다른 세계에 빠졌다가도 어느새 같은 주제로 대화를 나누었다. 7살이 되던 해에 읽었던 『플란다스의

개」는 아이가 처음으로 독서를 하며 감동의 눈물을 흘렸던 책이라 잊을 수가 없다. 커다란 눈에서 눈물을 뚝뚝 흘리며 불쌍하다고 말하던 아이의 모습이 아직도 잊히지 않는다.

〈머리카락이 듬성듬성 빠질 정도로
열심히 석사 논문을 쓰고 받은 석사학위
2013년 8월 23일 석사학위 취득〉

그렇게 아이와 나는 과거의 삶에서 현재의 삶으로 건너오는 동안 함께 울고 웃었다. 배움은 가끔 사람을 살리기도 한다. 그중에서 제일 중요한 배움은 나에 대해 알아 가는 것이다. 머리카락이 뭉텅이로 빠질 정도로 몰입했던 논문 쓰기는 이후 내 삶을 또 한 번 바꿔 놓는다. 논문을 쓰면서 나에 대해 알아 가는 기회가 되었다. 글쓰기는 장르에 상관없이 자기를 드러내면서 스스로를 알아 가는 과정인가 보다.

민간자격 등록, 체험 논술지도사

———

논문을 쓰면서 다른 논술 선생님들도 이렇게 가르치면 좋겠다는 생각을 했다. 몸소 체험하고 생활 속에서 논제를 찾아내서 쓸 수 있도록 말이다. 주어진 논제에 대한 자신의 생각을 논리적으로 쓰기 위해서는 충분한 배경지식이 뒷받침되어야 한다. 다독을 주장하는 이유가 여기에 있다. 그런데 책으로 습득한 지식은 한계가 있다. 아이들은 자신이 직접 해보지 않은 것을 쓰려고 하면 어려워한다.

나는 수업 시간에 민속놀이를 하고 요리를 했다. '컴퓨터 게임은 건강을 해친다.' 라는 논제를 가지고 논술하기 전에 민속놀이를 해보고 느낌을 적어보는 시간을 먼저 가졌다. 때로는 실생활 속에서 있었던 일을 그림으로 그리고 가끔은 클레이로 작품을 만든다. 작품을 설명하고 역할극을 한다. 극본을 쓰기도 한다.

생활에서 이슈가 됐던 것을 주제로 이야기 나누고 스스로 논제를 찾아낸다. 한 아이는 자려고 누웠는데 위층에서 뛰어다니는 소리 때문에 힘들었다고 한다. 나는 그럴 경우 어떻게 했으면 좋겠냐고 물었다. 아이들과 함께 해결책을 하나씩 내놓는다. 열띤 토의를 하던 아이들은 '층간 소음을 줄이기 위해서 2층 이상에 거주하는 입주민은 실내화를 의무적으로 신고, 소음 방지매트를 깔아야 한다.' 라는 논제를 만들었다.

나는 아이들이 자신의 삶은 직접 디자인했으면 했다. 그래서 '자신의 인생은 스스로 디자인해야 한다.' 라는 논제를 가지고 4차시 수업을 진행했다. 1차시 수업은 '나는 무엇을 좋아하는가?' 라는 주제로 이야기를 나누고 가볍게 글을 쓰게 했다. 2차시에는 집에서 작아지거나 입지 않는 옷을 한 벌씩 가지고 오게 해서 의상 디자인을 했다. 옷을 자르기도 하고 물감을 이용해서 그림을 그려 넣기도 했다. 3차시 수업에는 자신이 직접 디자인한 옷을 입고 레드 카펫 위를 신나는 음악에 맞추어 걸었다. 나는 아이들의 모습을 촬영해서 보여주었다. 마지막 차시에 비로소 논술문을 쓰게 했다.

나는 체험 논술지도사라는 민간자격을 만들어야겠다고 생각했다. 나뿐만 아니라 다른 분들도 재밌게 글쓰기를 가르쳤으면 좋겠다는 생각으로 교재를 만들었다. 석사 논문을 토대로 구체적인 수업 내용을 교재로 만들었다. 엄마도 자녀와 함께 해볼 수 있도록 만들었다.

〈2015년 12월 23일, 체험논술지도사 민간자격 등록/2016년 1월 6일
체험논술 교재 저작권 등록〉

〈체험논술 활동 모습〉

〈체험논술 발표 모습〉

〈한글 친구들 활동지〉

〈체험논술 활동지〉

민간자격 등록을 위해서는 서류와 절차가 필요했다. 과정이 복잡해서 4개월 정도 소요되었다. 기다리는 동안 프로그램을 구성하고 홍보할 현수막을 제작 의뢰 했다. 좋은 인연이 되어

인쇄 디자인을 전공한 대표를 만났다. 깔끔하고 예쁜 디자인에 인쇄비도 저렴했다.

생각보다 빠르게 민간자격 등록이 완료되고 공지를 띄웠다. 현수막을 걸고 아파트 단지를 돌아다니며 전단지도 붙였다. 녹록지 않았다. 하루 2만 보 이상을 걸었다. 뛰면서 붙였다. 몸으로 일하는 분들이 대단하다는 생각을 하면서 붙였다. 덕분에 운동도 했다. 걷기와 뛰기가 참 좋은 운동이라는 생각도 했다.

현수막에는 '엄마라면 꼭 들어야 하는 강좌'라고 썼다. 얼마 지나지 않아 한 분이 수강 신청을 하셨는데 수강 신청 이유를 들어봤다. 아들이 하나 있는데 엄마 노릇을 어떻게 해야 할지 몰라서라고 했다. 힘들어 보였다. 사실 엄마 노릇이라는 게 따로 있을까? 함께 먹고 자고 배우면 될 일이다. 논술지도 강의지만 내가 아이를 키우며 있었던 일과 함께 공부했던 일을 먼저 말씀드렸다. 사실, 체험 논술 과정에는 아이와 함께 먹고 놀고 배우는 일이 다 담겨 있다. 그래서 엄마라면 꼭 들어야 할 강좌이다.

Hasse's license childcare

아이는 8살,
나는 공부방 선생님

놀며 배우는 것이 진짜 배움이다.
무엇을 배우든 그것이 놀이가 된다면
중간에 포기하거나 어려운 일이 되지 않는다.
머리를 싸매고 고민해봐야 아무 소용이 없다.
그냥 놀면 된다.

박사 학위보다 아이들

———

석사 학위를 취득하고 숨 돌릴 틈도 없이 박사 과정에 지원했다. 오래전 꿈을 이루기 위해서는 아니었다. 문예창작학과 박사 과정에 지원한 이유는 논술 과정이 있었기 때문이다. 전문가가 되고 싶었다. 아이들과 글을 쓰는 과정이 무척 즐거웠다. 기회가 닿는다면 대학생들과도 만나고 싶었다.

석사 학위를 취득하는 과정에서 한 교수님을 알게 되었고 논술 분야에 전문가라는 것을 알게 되었다. 교수님은 대화의 중요성을 알고 계셨다. 글을 글만이 아닌 영화로 만나고 대화로 만날 수 있게 해주는 융합된 방식을 알려 주셨다. 교수님의 저서 『영화를 활용한 논술지도』를 주시면서 도움이 되었으면 좋겠다고 하셨다. 그때의 따뜻한 눈길이 아직도 기억난다.

박사과정은 만만치 않았다. 두 번의 수업 만에 바닥이 다 드러났다. 도저히 쫓아갈 수가 없었다. 일주일 동안 두 권 이상의 두꺼운 책을 읽고 진행까지 해야 하는 수업이 무척 힘들었다. 몇 분 되지 않았지만 다른 분들은 어렵지 않게 잘 해내는 것처럼 보였다.

그러던 중 삶의 터를 옮겨 오게 되었다. 일주일에 한두 번 수업이 있었기 때문에 기차를 이용하면 충분히 해낼 수 있다고 생각했다. 그런데 내 예상은 완전히 빗나가버리고 말았다. 막상 이사하고 보니 새로운 환경에 적응하는 것도 바빴다.

남편은 잦은 해외 출장 때문에 함께 지내는 것보다 떨어져 있는 시간이 훨씬 더 많았다. 주위에 아는 사람이 아무도 없다는 것은 가끔은 공포였다. 아이와 나, 둘밖에 없었다. 생각이 하나씩 늘어나더니 결국 불면증이 시작되었다. 두 번째 우울증이 찾아왔다는 확신이 들었다. 생각을 덜어내야 했다. 도움이 필요했다.

내 삶의 멘토이자 마음의 언덕인 경아 언니에게 전화를 걸었다. 언니의 목소리를 듣자마자 쏟아지는 눈물을 걷잡을 수 없었다. 언니는 아무 말 없이 오래도록 흐느끼는 소리를 들어주었다. 그것만으로도 위로가 되었다. 마법의 언어를 알려주면서 자기 전 읊조리라는 말도 해주었다.

나는 박사 과정을 계속 공부할 수 없었다. 포기해야 했다. 경제적인 이유도 한몫했고 무엇보다 나의 마음이 단단하지 않았다. 다른 길을 찾아야 했다. 주저앉아 쉴지라도 무너질 수는 없었다. 생각들은 내 머릿속을 헤집고 다니고 잠도 푹 자지 못했다. 그런 나를 보며 8살 딸아이가 말했다.

"엄마, 머릿속에 중요한 것 두세 가지만 두고 나머진 다 빼버려요!"

8살 아이도 아는 것을 나는 모르고 있었다. 그러나 쉽지 않았다. 쓰레기통에 던진 생각들은 다시 내 머릿속으로 기어 들어왔다.

우선 박사과정을 포기해야 했다. 교수님께 말씀드리고 필요한 절차를 밟아서 마무리했다. 그러고 나니 더 공허해졌다. 내가 할 수 있는 일이 아무것도 남지 않는 것처럼 느껴졌다. 생각하고 또 생각했다. 지금부터 무엇을 할 것인지, 어떤 일을 하며 남은 시간을 보낼 것인지에 대해서 깊게 생각했다. 첫 질문을 바꿔봤다. 나는 뭘 좋아하는 사람이지? 아이들, 배움, 딱 두 가지! 답이 나왔다. 나는 임용 공부를 시작했다.

매일 아침, 아이를 챙겨 보내고 나면 베란다에 내가 손수 만들어 놓은 책상 앞으로 갔다. 아이가 학교에서 돌아올 때까지 혼자 스터디를 했다. 아이가 학교에서 돌아오면 간식을 챙겨주고 다시 시작했다. 아이는 책을 읽고 나는 공부했다. 하루 10시간을 거의 움직이지 않고 공부만 했다.

석 달이 지난 어느 날, 저녁을 먹고 소파에 앉아서 잠시 쉬고 있는데 엄청난 두통이 나를 덮쳤다. 눈이 빠질 것 같았다. 나도 모르게 비명을 지를 정도로 엄청난 고통이었다. 남편은 즉시 나를 병원으로 데리고 갔다. MRI 촬영 결과 목 디스크라는 진단이다. 그렇게 나의 임용 공부도 끝이 났다.

며칠 쉼을 가지고 또 궁리했다. 이제 무엇을 하며 살아볼까. 항상 결론은 아이들이다. 아이들을 만나야 했다. 공부방을 해야겠다고 생각했다. 돈도 없고 아는 사람도 없었다. 우선 현수막을 제작 의뢰하여 베란다 난간에 걸었다. 중고 가구에서 책상과 의자, 3단 책장을 구입했다. 소파를 치우고 거실을 교실로 바꿨다.

독서와 논술을 중심으로 요일별 커리큘럼을 짰다. 그때까지 내가 가지고 있었던 교육 관련 자격증은 중등정교사, 한자 속독 최고지도자, 평생 교육사, POP 예쁜 글쓰기, 폼 아트, 종이접기, 클레이 아트, 통합교과형 문화예술 교육지도사, 주산 암산 수학 지도사 그리고 석사 논문을 쓰면서 개발한 체험 논술이었다.

내가 가진 모든 교육적 철학과 지식을 활용하여 독서와 논술을 기본으로 교과 과목과 체험 논술 커리큘럼을 완성했다. 교육청에 방문하여 과외 교습자 신고도 잊지 않고 했다. 세무서에서 사업자등록도 마무리했다. 3일 뒤, 전화가 울렸다. 방문해도 되냐는 학부모의 전화였다.

〈행복한 배움 저금통〉

〈독서 이벤트〉

첫째 아이와 2학년 남자아
이를 시작으로 아이들이 점
점 늘었다. 몇 달 후 1층에 월
세를 얻어 공부방을 열었다.
소문을 듣고 찾아오는 아이들이 많아졌다.

박사 학위를 포기하고 아이들을 다시 만나기 시작한 것은 내
인생의 훌륭한 선택 중에 하나다.

시끄러운 공부방

————

　　　　유대인의 자녀 교육법에 관한 책을 읽게
되었다. 특히 유대인 아버지의 자녀교육법은 남달랐는데 하브
루타 방식으로 대화를 나누는 것이 생활화되어 있었다. 1대 1
토론으로 질문하고 답하는 대화 방식이다. 논쟁으로 이어지면
둘이서 끝장토론까지 가는 치열한 대화 방식이기도 하다.

　대부분의 배움을 하브루타 방식으로 하기 때문에 유대인들이
이용하는 도서관은 매우 시끄럽다. 나는 유대인들이 궁금해졌
다. 유대인 관련 책을 찾아 읽기 시작했다. 13살의 성인식, 아이
가 아주 어릴 때 책에 꿀을 발라서 혀로 핥아먹게 한다는 일화
등을 접했다. 평균 아이큐 94로 세계 1%를 차지할 수 있는 유대

인의 비밀을 알 것 같았다.

1층으로 옮겨오고 나는 시끄러운 공부방을 운영하기 시작했다. 각자 조용히 공부하고 모르는 문제가 있으면 선생님께 쪼르르 달려와 묻는 방식의 공부 방법에서 벗어나게 해주고 싶었다. 아이들은 서로 묻고 같은 주제로 이야기를 나누며 배웠다.

요일별 과목을 확인하고 교과 관련 동화책을 읽는 것으로 학습을 시작했다. 월요일은 사회와 한국사를 공부하는 시간으로 한국사 관련 동화책이나 만화책을 읽고 그림으로 그려 보기도 하고 노래를 부르면서 우리나라 역사를 배웠다. 화요일은 한자 동화를 함께 읽으며 시작했다. 동화 속 그림에 숨어 있는 한자를 찾아 그리고 몸으로 표현하기도 했으며 클레이로 만들어 보기도 했다.

수요일은 영어 독서를 했는데 온라인 영어 독서 프로그램을 이용했다. 모국어 습득 방식 그대로 듣고 말하고 읽고 쓰는 순서로 자연스럽게 영어를 익힐 수 있도록 도왔다. 문법은 가르치지 않았다. 다만 많이 듣고 많이 말할 수 있도록 했다. 영어 독서가 끝나면 동화책에 나온 인물을 중심으로 클레이 작품을 만들었다. 동화 속에서 읽은 표현을 익히고 자신이 만든 작품을 설명했다.

목요일은 수학 동화를 읽으며 시작했다. 주산 암산으로 워밍업을 하고 그날 학습의 목표를 설정하게 했다. 시간, 양, 질을 스스로 정하고 메모했다. 교과서를 읽고 개념을 정리했다. 정리된 개념은 서로 말하고 들었다. 관련된 문제를 풀고 스스로 채점했다. 오답 노트를 작성하고 관련된 문제를 스스로 출제했다. 한 단원이 끝나면 백지 인출을 하게 했다. 많은 문제를 풀기보다 개념 정리가 우선이었다. 한 가지 개념이라도 완벽하게 이해하고 스스로 탐구할 수 있도록 시간을 주었다.

첫째 아이는 수 개념을 타고나지 않았다. 책 육아에 집중해서 학습 도구에 관심을 두지 않고 키웠다. 그래서 그런지 도형에 대한 이해가 부족했다. 나는 아이가 궁금해서 물어보기 전까지 아이의 학습에 관여하지 않았다. 2학년이 끝날 무렵까지 학교에서 받아오는 쪽지 시험, 단원 평가 등에 대해 어떤 피드백도 하지 않았다.

수학 교과는 아이가 재미있어하지 않는 과목이었다. 책을 많이 읽어서 그런지 수학 교과를 공부할 때도 상상력을 발휘했다. 두 자릿수 더하기 두 자릿수를 할 때부터 아이의 상상력은 발휘되었다. 문제지를 풀고 채점을 하는 것을 지켜봤더니 모조리 틀리고 있었다.

"서현아, 어떻게 풀었는지 말해줄 수 있니?"

나는 아이에게 물었다. 놀랍게도 십의 자리 숫자와 일의 자리 숫자를 더했다는 것이다. 나는 다시 물었다.

"왜 그렇게 생각했니?"

"닮았잖아요~"

아이다웠다. 나는 한 가지만 말해주었다.

"의자를 의자라고 말하기로 약속했기 때문에 우리는 의자를 의자라고 말해. 엄마가 책상을 의자라고 우기면 우리는 제대로 소통을 할 수 있을까? 수학도 약속이야. 일의 자리는 일의 자리끼리 더하고 십의 자리는 십의 자리끼리 더하기로 약속을 했어. 약속은 지켜야

혼란스러운 일이 생기지 않겠지?"

6학년 수학 시간에 원주율을 구하는 문제를 풀며 머리를 흔들고 있는 여자아이에게 말했다.

"이해하기가 힘드니?"

아이는 힘들다고 했다. 나는 종이를 잘라가며 만들어 보도록 했다. 30분 넘게 직접 자르고 연결해보더니 "아하!"하는 소리와 함께 미소를 지었다. 옆에서 지켜보던 3학년 남자아이가 말했다.

"그런데 왜 그렇게 어렵게 해요? 한 가지를 아는데 뭘 그렇게 오래 걸려요? 그냥 외우면 되지!"

수학 과목을 배우는 이유는 문제해결력을 기르기 위해서다. 계산을 빨리 정확하기 위해서 수학을 공부하는 것이 아니라는 거다. 계산은 AI가 훨씬 잘한다. 하나의 문제를 푸는 과정에서 막히면 이렇게도 생각해 보고 저렇게도 생각해 보면서 탐구하는 그 과정에서 머리에서는 온갖 스파크가 일어난다. 한 문제를 풀더라도 아이 스스로 풀어야 하는 이유가 여기에 있다. 공식을 외우고 대입하여 푸는 방식으로 문제만 풀면 학년이 올라갈수록 수학은 어려운 과목이 될 수밖에 없다.

우리나라 수학 교과는 지나치게 어렵다. 대한민국 모든 아이를 수학자로 만들 작정이라도 한 것 같다. 살면서 그렇게 어려운 수학 문제를 풀 기회가 얼마나 있을까? 학교 다니면서 골머리 싸매고 한번 풀어 볼 만도 하다. 다만 그 결과로 서열을 세우는 것만 하지 않았으면 좋겠다.

시끄러운 공부방에서는 가만히 앉아서 머리를 아래로 처박고 공부하지 않는다. 편한 자세로 책을 읽고 소리 내어 개념을 익히기도 한다. 계수기를 이용해서 몇 번을 말했는지 확인하기도 하고 15분 타이머를 맞춰 놓고 몰입 시간을 늘려보기도 한다.

혼자 이해하기 어려운 문제들은 서로의 도움을 받기도 하고 비슷한 문제를 내서 바꿔 풀어보기도 한다. 자신이 읽은 책을 쇼호스트처럼 팔아보기도 하고 광고 카피를 만들어 보기도 한다.

공부방이 왜 조용해야 하는가? 사실 놀면서 배우는 것이 가장 오래 기억에 남는다. 떠들며 배워야 훨씬 더 다양한 생각을 나눌 수 있다. 체계적이고 제대로 놀면 진짜 공부가 된다.

네가 한번 가르쳐 봐

━━━

　　아이들은 대부분 공부를 잘하고 싶어 한다. 방법을 모르고 환경에 지배를 받을 뿐 마음만은 공부를 잘하고 싶다. 직접적으로 어떻게 하면 공부를 잘할 수 있냐고 묻는 아이는 몇 안 된다. 공부하는 방법을 알려주면 하나씩 따라오며 나름의 방식을 찾는다.

　　아이들은 각자 목표를 세우고 그날의 학습에 몰입한다. 막히는 것이 있으면 함께 고민해 보기도 한다. 어려운 개념을 만나면 소리 내어 읽기도 하고 필사를 하기도 한다. 같은 학년끼리 같은 문제를 놓고 다른 방법으로 풀어보기도 한다.

동생이 힘들어하면 형이 공부하는 방식을 알려 준다. 자신이 공부하고 있는 개념을 한 학년 어린아이에게 설명해 보며 다시 한번 확인하는 기회를 가진다. 이해하기 힘든 개념이라고 해도 설명하는 과정에서 정확하게 자기 것으로 만든다. 때로는 배우지 않은 개념인데 형이 공부하고 있는 것을 듣기만 하고 문제를 풀어내기도 한다.

학습방법 중 가장 효과적인 것은 남을 가르쳐 보는 것이다. 강의 듣기, 책 읽기, 시청각 수업, 토론 학습, 경험, 가르치기 중에 가장 효과적인 것이 가르치기인 것이다. 다른 사람을 가르치기 위해서는 말을 해야 한다. 어떤 개념에 대해 보지 않고 말할 수 있을 때 비로소 알고 있는 것이다.

아이들 대부분은 안다고 착각한다. 특히 수학 개념을 물어보면 제대로 말하는 경우가 드물다. 대충 얼버무리거나 문제를 풀어보겠다고 말하는 아이들도 있다. 수학에서 개념이 얼마나 중요한지 모르는 것이다. '원'이 뭐냐고 물어보면 동그라미라고 말한다. '하나의 점을 중심으로 같은 거리에 있는 점들의 집합'이라고 말하는 아이는 드물다.

목요일이 되면 아이들은 수를 가지고 논다. 수학 동화를 찾아와 읽는다. 주판을 가지고 온다. 주판알 올리고 내리는 소리가 들린다. 모르는 한 문제를 가지고 이렇게도 해보고 저렇게도 해보면서 문제해결력을 키운다. 형이나 오빠에게 도움을 청하기도 하고 동년배끼리 의견을 주고받으며 생각을 확장한다. 수업 마지막에 서술형 문제를 하나 칠판에 쓴다. 한 문제 같아 보이지만 사실 여러 가지 개념을 이해해야 풀 수 있는 문제다. 문제 하나가 단원 종합평가가 되는 셈이다. 스무 문제 이상씩 풀게 하지 않는다. 아주 작은 단위로 아이들이 많은 공부를 하지 않았다는 인식을 심어 주는 수업이 진행된다. 그리고 그날 아이는 집으로 가서 관련된 개념과 문제를 스스로 찾아 풀어본다. 그것이 그날의 미션이다.

문제집만 풀다가 집으로 가면 아이들은 무척 많은 공부를 했다고 착각한다. 실제로는 제대로 익힌 문제는 거의 없다. 숙제가 있다고 해도 몇 쪽에서 몇 쪽까지 문제 풀기가 전부다. 문제를 풀고 틀리면 그뿐이다.

학습이라는 단어는 배울 학(學), 익힐 습(習)으로 이루어져 있다. 학습에서 배우는 것보다 사실 익히는 것이 훨씬 더 중요하다. 배운 내용이 3이라면 집에서 혼자 익히는 것은 7만큼 되어야, 진정으로 자신의 것이 된다. 지식이 내 것이 되는 것이다.

그런데 아이들 대부분은 배우기만 한다. 집으로 돌아가서 제대로 익히는 아이들이 드물다. 그렇기 때문에 결과는 하늘과 땅 차이로 벌어진다.

나는 아이들에게 그날 배운 것은 집으로 돌아가 반드시 자신의 개념으로 만들라고 한다. 구체적 방법도 스스로 잊지 않고 있는지 확인한다. 먼저 그날 습(習)할 내용의 목표를 쓴다. 시간, 양, 질로 목표를 정한 다음 미션을 시작한다. 1시간 동안, 1단원 개념과 문제를 안 보고 말할 수 있고 성취도는 95%라는 식으로 적고 책상 앞에 붙이거나 공책 상단에 쓴다.

보통의 엄마들은 이렇게 말한다.

"공부 다 했어? 공부 다 하고 놀아!"
공부를 다 했다는 것을 어떻게 확인하는지 방법을 모른다. 엄마들 대부분이 문제지를 풀고 채점을 하면 끝이라고 생각한다.

 그날 2시간 동안 1단원 개념을 익히고 문제 20개를 풀고 90점의 성취를 얻었다고 해보자. 엄마는 문제지 개념 정리 부분이나 교과서의 개념을 안 보고 말할 수 있는지 확인해야 한다. 틀린 문제는 반드시 오답 체크를 하는데 문제를 왼쪽에 쓰고 처음 풀듯이 꼼꼼하게 풀어봐야 한다. 그런 다음 자신이 어디서 실수를 했는지 반드시 찾아 설명할 수 있어야 한다. 많은 문제를 풀게 하기보다 한 문제를 풀더라도 제대로 풀어야 한다. 즉 개념을 정리하고 서술 문제를 풀되 안 보고 말할 수 있을 때까지 개념을 정확하게 정리해야 한다. 단원이 끝나면 관련 문제를 스스로 내보는 것이 좋다. 그렇게 하면 출제자의 의도를 파악할 수 있는 기회가 되고 그것은 제대로 문제를 해결하는 데 절대적인 도움이 된다.

 공부를 잘하는 아이는 어떻게 해서든 자신이 알게 된 사실을 말로 표현하거나 글로 써서 확인 절차를 밟는다. 그러니 아이가 조잘조잘 이야기하면 무조건 들어줘야 한다.

〈선생님 되기 수업〉

"어~ 그렇구나, 어머! 신기하다, 얘! 그걸 어떻게 알았을까? 엄마도 찾아봐야겠다. 몰랐던 것을 알아가니 정말 좋구나."

아이가 어릴수록 미사여구를 넣어 말해주면 좋다. 얼마나 아름다운 일인가. 새롭게 알아가는 과정이.

책을 가지고 노는 아이들

———

　　놀며 배우는 것이 진짜 배움이다. 무엇을 배우든 그것이 놀이가 된다면 중간에 포기하거나 어려운 일이 되지 않는다. 머리를 싸매고 고민해봐야 아무 소용이 없다. 그냥 놀면 된다. 아이가 책을 보지 않는다는 엄마들에게 말한다. 우선 엄마부터 읽으라고.

　　환경이 중요하다는 것은 누구나 안다. 부모가 TV를 보고 게임을 하는데 아이는 책을 보길 바라는가? 콩 심은 데 팥 나길 기다리는 것과 같다. 나는 '엄마와 함께하는 책 놀이' 라는 주제로 강의를 할 때 기본 먼저 실천하라고 말한다. 기본은 환경을 만드는 일이다. TV를 없애거나 아이가 머물지 않는 곳으로 옮기는 일, 거실을 책으로 채우는 일, 전집이 아니라 아이의 관심사가 담긴 단행본 중심으로 시작하는 일, 부모가 함께 책을 읽는 일이다.

"탁구 치자! 상 두 개 붙이고 책 두 개 가지고 와~ 클레이로 만든 공도 가지고 오고!"

아이와 나는 클레이로 많은 작품을 만들었다. 처음에는 동그라미, 네모, 세모를 만들다가 나중에는 집, 책, 음식, 사람 등을 자유롭게 만들었다. 주사위와 동그라미를 만들어 책상에 올려두었더니 다음 날, 동그라미가 굳어지면서 통통 튀어 오르는 공이 되었다. 탁구공 같았다. 탁구를 하고 싶었다. 집에 탁구채가 없어서 얇은 책을 이용했다. 공을 밀어 올리듯이 쳐봤다. 되었다. 책과 클레이가 있으니 탁구를 할 수 있었다. 이후 나는 아이와 가끔 집에서 클레이 탁구를 했다. 은근히 운동이 되었다.

중고 서점에서 구입하거나 드림 받은 책이 1,000권이 넘어선 어느 날, 정확하게 책이 몇 권인지 궁금해졌다. 아이와 함께 책을 세어 봤더니 1,121권이었다. 아이는 책을 높게 쌓아보고 싶다고 했다. 금방 아이의 키를 훌쩍 넘었다. 책이 쓰러지면 다칠 것 같았다. 나는 책으로 도미도 게임을 해보자고 제안했다.

아이는 책을 세로로 세워 긴 기찻길을 만들었다. 몇 개의 칸으로 된 기차일까? 드디어 아이는 첫 책을 밀었다. 몇 권의 책이 넘어지고 쓰러질 듯 멈추더니 두 책이 마주 보았다. 끝까지 가지 못했다. 처음 도미도 게임은 책 간격이 좁아 끝까지 넘어뜨리지 못했다. 몇 번의 시도 끝에 아이와 내가 함께 민 책은 모양을 달리하며 쓰러졌다. 재밌는 책 놀이었다.

나는 가끔 아이들에게 책 제목을 이야기하고 찾아오게 한다. 책이 3천 권이 넘어가자 아이들은 쉽게 찾아오지 못했다. 안구 운동을 열심히 해도 금방 찾아내기가 힘들다. 'ㄷ'으로 시작하는 책 제목을 찾으라고 하거나 '고'로 시작하는 책을 찾으라고도 한다. 찾은 제목을 메모지에 쓰고 저금통에 넣게 한다.

주말에 독후 활동을 하는 것을 미션으로 내주는데 보통 두세 권의 책을 읽는다. 책 제목과 작가, 출판사, 발행일을 메모해서 저금통에 넣고 몇 달 뒤 꺼내어 하나씩 읽어보면 좋다. 자신이 읽은 책의 제목만 한 번씩 더 읽어 봐도 기억이 새록새록 올라오고 추억도 함께 따라온다.

　책을 한 권 읽고 하나를 실천한 다음 그 내용을 써서 넣어도 좋다. 제목을 넣을 때마다, 실천한 내용을 써서 넣을 때마다 동전을 함께 넣은 것도 좋은 방법이다. 분기마다 오픈 식을 갖고 몇 개인지 세어보고 갖고 싶은 물건을 사러 가는 것도 재밌는 놀이가 된다.

논술 시간에 요리는 왜 해?

———

수요일은 아이들이 제일 좋아하는 날이다. 체험 논술을 하기 때문이다. 체험 논술 시간에는 활동 위주의 수업을 한다. 재연 논술은 생활 속에 있었던 일을 글로 쓰고 대화를 나눈다. 대화 내용을 토대로 간단하게 희곡을 쓰고 재연을 한다. 재연한 내용을 토대로 논제를 정하고 찬반 토론을 한다.

창작 논술은 동화책의 그림을 보고 표지를 그린다. 제목을 정하고 이야기를 만든다. 이야깃거리를 찾아 원탁 토의를 한다. 책 체험 논술 시간에는 자신이 좋아하는 책을 소개하고 출판 과정 관련 이야기를 나눈다. 미니 북과 전통 책 등 나만의 책을 만든다.

인터뷰 논술 시간에는 신문의 구성요소를 잘라서 붙인다. 인터뷰 기사를 쓰고 가족신문을 만든다. 진로 논술은 다양한 직업 세계를 들여다보고 자신의 예상 진로를 정한 다음 장기 목표와 단기 목표를 세우고 최종 목표를 선언문 형식으로 써본다.

음악 논술은 자신이 좋아하는 노래를 듣고 가사를 쓴다. 가사 속에서 함께 이야기 나눌 만한 내용을 발췌한다. 'Doc와 함께 춤을' 이라는 가사 속에는 '젓가락질 잘해야만 밥을 먹나요. 잘 못해도 서툴러도 밥 잘 먹어요!' 라는 내용이 있다. 1학년 수업 시간에 젓가락으로 콩을 옮겨 놓는 활동을 했다고 한다. 가장 빠른 시간 안에 콩 10개를 다른 그릇으로 옮겨 놓았기 때문에 아이는 최우수 상장을 받아왔다. 경험과 노래 가사에서 나온 논제가 바로 '젓가락질은 편한 대로 하면 된다.' 였다. 아이들의 다양한 의견이 오갔다. 젓가락질을 올바르게 하면 밥을 더 편하게 먹을 수 있다는 아이, 엄마가 젓가락질 바로 안 하면 밥을 안 주겠다고 해서 속상했다는 아이, 그냥 포크로 먹으면 된다는 아이, 다양한 의견이 나왔다.

'우리 것이 세계적인 것이다.' 라는 논제를 가지고 논술하기

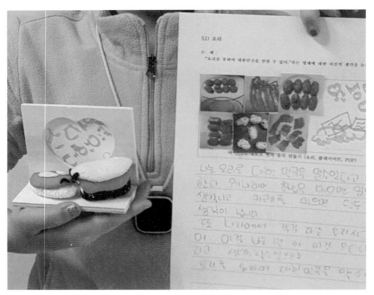

〈삼겹살 김치말이를 만들어 먹고 클레이로 표현한 후, 논술문을 쓰는 활동〉

전에 주먹밥에 삼겹살을 감고 김치로 묶어서 먹었다. 요리가 재
밌고 맛도 좋아서 그랬는지 내용을 창의적으로 채우면서도 논
리적으로 잘 썼다. 역시 먹는 게 최고인가 보다. 아이들은 논술
시간에 요리를 해먹을 수 있어서 좋다고 했다. 요리를 해먹으니
맛있고 다른 나라 사람들도 좋아할 맛이라고도 했다. 요즘 김치
가 세계적인 음식이 되었다고 말하는 아이, 얼마 전 TV에서 외
국인이 김치를 먹고 얼굴이 빨개지면서도 끝까지 먹더라는 아

이, 일본 사람이 제주도로 여행 와서 삼겹살과 김치를 엄청나게 먹더라는 아이, 다양한 이야기들이 오갔다.

여름이 되면 하루 종일 책을 읽거나 독후 활동을 하는 캠프를 연다. 온종일 캠프는 참가하는 인원이 많지 않지만 3시간 체험 논술 캠프에는 많은 아이가 참석한다. 논술 캠프에서 빠지지 않는 활동이 바로 음식을 만들어 먹는 것이다.

〈종이접기, 그림그리기 등 다양한 방식으로 봄을 표현〉

아이들이 좋아하는 활동 중 하나는 조형 논술 시간이다. 팽이와 투호를 만들어 재밌게 논다. 조선시대 호패를 만들어 역사여행을 떠난다. 종이접기로 계절을 표현한다. POP로 자신의 정체성을 표현한다. 꽃을 만들어 식물에도 표정이 있다는 글을 쓴다. 햄버거를 만

〈옷을 디자인하고 패션쇼 하는 모습〉

들어 패스트푸드에 대한 자신의 의견을 말한다. 휴대폰을 만들어 초등학생에게 꼭 필요한 이유와 없으면 좋은 점에 관해 이야기를 나눈다.

그 밖에도 다양한 활동이 있어서 아이들은 체험 논술 시간을 제일 즐거워한다. 무작정 쓰게 하는 논술 시간을 아이들은 좋아하지 않는다. 특히 아이가 초등학생이라면 쓰기 전에 다양한 활동을 하는 게 좋다. 만들면서 수다를 떨다 보면 그 속에서 진지한 이야깃거리를 찾아낼 수 있다. 아이의 호기심을 자극하면서 얼마든지 지식을 확장 시킬 수 있다.

아이들은 오감으로 배운다. 어른도 오감으로 배우면 학습효과가 높다. 내가 논술 시간에 요리를 하는 이유가 여기에 있다. 듣고 말하고 읽고 쓰며 배운다. 만지고 냄새 맡고 먹으면서 배운 것은 잊지 않는다. 그래서 나는 수업 시간에 요리 활동을 한다.

라이스 클레이를 활용한 수업도 아이들이 좋아한다. 아이가 어리다면 집에서 엄마와 해보는 것을 추천한다.

1. 깨끗이 손을 씻는다.
2. 쌀로 만든 클레이 반죽을 조물조물 만진다.
3. 책 모양을 만든다.
4. 만들면서 최근에 읽은 책에 대해 이야기 나눈다.
5. 먹는다.

또는

1. 책을 읽는다.
2. 책에 나온 인물이나 물건을 만든다.
3. 동화 속 대화를 흉내 낸다.
4. 먹는다.

간단하지만 아이들은 무척 좋아한다. 아이의 성향에 따라 머무는 시간이 길어지는 구간이 있을 것이다. 그러면 아이를 따라가면 된다. 그다음을 진행하려고 아이의 호기심과 집중력을 흩트리는 실수는 하지 않았으면 좋겠다.

독학이 취미다

———

나와 아이가 독학이 취미가 된 이유는 살 맛이 나기 때문이다. 큰돈 들이지 않고 알고 싶은 것에 대해서 스스로 알아가는 일은 무엇과도 비교할 수 없는 큰 기쁨이다. 아이는 그림을 좋아하지만 노래도 좋아한다. 악기를 다루는 것도 좋아해서 피아노를 시작으로 기타, 하모니카, 칼림바까지 다양한 악기를 다룬다. 나는 최근 바이올린의 매력에 빠져 독학을 시작했다. 어려운 악기라고는 하지만 그래서 더 익히는 재미가 있다.

나를 닮아서인지 아이도 배우는 것을 무척 좋아한다. 예전에는 배우고 싶은 것이 생기면 학원부터 알아봤다. 그러니 자연스럽게 '배움=경제적 능력'이라는 등식이 성립되고 부담이 따라오는 건 당연하다. 나는 어린 시절, 피아노 학원에 무척 다니고 싶었다. 친한 친구가 긴 손가락으로 피아노를 치는 모습이 무척 예뻐 보였기 때문이다. 하지만 부모님의 경제 상황을 알고 있었기에 물어보지도 못하고 마음을 접었다.

배움의 방법이 여러 가지가 있다는 것을 알게 된 이상 경제적 상황이 발목을 잡을 수 없다. 특히 요즘처럼 배움의 길이 활짝 열린 시대는 역사상 처음인 것 같다. 공유 시대에 접어들면서 자신이 아는 것을 나누는 것을 즐기기 시작했다. 크리에이터가 늘고 1인 방송이 매우 많다. 유튜브 플랫폼을 통해서 우리는 필요한 정보를 쉽게 취한다. 참 멋진 세상이다.

배우고자 하는 마음만 있으면 배울 곳은 얼마든지 있다. 주위를 둘러보면 무료 강연도 있고 공공기관에서 운영하는 문화센터에서도 좋은 강의를 만날 수 있다. 재능기부를 하는 분도 계시고 자신이 경험한 것을 나누고자 하는 분들은 얼마든지 있다.

얼마 전 인디자인과 포토샵에 관심을 보여 온라인 강의를 신청했다. 1년 과정에 89,000원, 한 달에 만 원이 안 된다. 아이는 그림을 그리는 것을 좋아한다. 캐릭터를 그리기도 하고 간단하게 캐리커처를 그리기도 한다. 미술 학원을 다니다가 이사를 하고 난 후에는 혼자 그림을 그리기 시작했다. 최근에는 그림 밴드에 가입해서 다른 사람의 그림을 리퀘스트 해주며 활동하고 있다.

1년 전, 세계사를 재밌게 가르칠 방법이 없을까 고민했다. 우연히 자수 책을 접하게 되었는데 세계지도와 각 나라의 특징을 자수로 놓은 사진이 있었다. 바로 이거다 싶었다. 마침 아파트 카페에 공지가 올라왔다. 자수 모임에 한 명을 추가 모집한다는 것이다. 바로 지원했다. 일주일 후 자수 모임에 갔다. 주부가 대부분이었는데 그중 디자인을 전공한 언니가 있었다. 몇 주가 지나고 내가 제안했다. 아이를 서로 바꾸어 가르쳐 보자고. 언니는 흔쾌히 수락했다. 그때부터 아이는 디자인을 전공한 이모와 함께 한 단계 업그레이드된 그림 실력을 뽐낼 수 있게 되었다.

나 또한 자수와 손뜨개 등을 배웠는데 주로 실용적으로 이용할 수 있는 것을 배웠다. 수세미, 워머, 목도리, 털 조끼를 내 손으로 직접 만들었다. 가끔은 옷감을 가지고 맨투맨 티셔츠를 만들어 둘째 아이에게 입혔다. 무(無)에서 유(有)를 창조해 내는 것이 소름이 돋을 정도로 신비로웠다.

Hasse's license childcare

아이는 13살,
나는 목독 맘

나는 독서의 희열을 서른여섯이 되고부터
본격적으로 느끼기 시작했다.
나는 책으로 운명을 바꿨다.
나뿐만 아니라 아이의 운명도 바꿨다.

목숨 걸고 책을 읽는 엄마

———

　나는 작은 도서관을 운영하면서 강의를 직접 하기도 하고 외부 강사를 모시기도 한다. 아이들의 학습을 지도하고 온라인 영어도서관 코치이기도 하다. 여러 가지 학습 프로그램을 운영하면서 양질의 콘텐츠를 공급하기도 한다. 육아를 어려워하는 부모를 만나 상담을 하기도 하고 성인을 대상으로 학습지도 및 독서교육 관련 강의를 하기도 한다. 모든 것이 교육과 관련되어 있다. 전공을 제대로 살린 셈이다.

　세상이 뒤집어졌을 때 주저앉아 있었다면 나는 지금 어떤 삶을 살고 있을까? 좋아하면서도 잘하는 일을 하며 살 수 있는 이유는 가슴이 시키는 것을 선택했기 때문이라고 생각한다. 살면서 어떤 일을 겪더라도 자신을 포기하지 말아야 한다. 잠시 앉아 쉬더라도 그 시간 속에서 자신이 진짜 원하는 것이 무엇인지 잘 들여다보면 좋겠다.

나 같은 경우는 그 시간이 기회였다. 남은 인생을 어떻게 살아야 할지 알 기회. 살면서 어려움이 생기면 이렇게 생각해 보면 좋겠다. '아, 지금이 내가 나를 돌아봐야 할 시기구나. 내가 나를 챙길 기회가 온 거야, 내가 원하는 일을 어디 한번 잘 찾아보자. 앞으로는 더 나은 삶을 살 거야.' 라고. 그러다 보면 진짜 자신을 사랑할 날이 온다.

나를 들여다보고 다독이고 진정으로 원하는 것이 무엇인지 알려고 노력하다 보면, 사랑하지 않을 수가 없다. 내가 어떤 삶을 살아왔는지 돌아보았다. 실수도 하고 내가 나를 포기하려고도 했다. 하지만 지금까지 잘 살아 와준 내게 참으로 고맙다. 나를 사랑하는 방법도 잊은 채, 나도 모르게 차곡차곡 쌓으며 만들어진 프로그램대로 살았어도 잘못되지 않고 살아와 준 내가 무척 고맙다.

생명에 위협을 받는 순간에도 아이를 안고 도망쳤다. 짧은 순간이었다. 생각할 틈이 없었다. 아이를 안고 맨발로 뛰어나와 택시를 잡아탔다. 함께였지만 수없이 흔들렸다. 아이는 아직 어렸고 나에게 어깨를 빌려줄 수 없었다. 내가 책임져야 하는 존재였다. 엄마라 견딜 수 있었지만 그래서 더 흔들렸다. 두 어깨가 무거워 쓰러지고 무너지기를 반복하며 살았다.

내 삶을 고군분투 하는 동안 첫째 아이는 애늙은이가 되었지만 그래도 아이를 놓지 않고 끝까지 함께 한 내가 자랑스럽다. 나 하나도 어쩌지 못하는 동안에 아이는 스스로 몸을 씻고 밥투정을 끊었다. 엄마가 잘못될까 봐 걱정하느라 어리광을 부리지도 않았다. 물건에 욕심을 내지도 않았고 떼를 쓰지도 않았다. 하지만 걱정 없다. 엄마와 함께 책을 읽고 대화하고 그림을 그리며 많은 시간을 보내는 14살 꿈 많은 소녀로 잘 자라주었다. 죄책감이 왜 없겠는가. 시간을 가지고 온전히 나를 아이에게 맡겨야 했다는 생각을 하지 않은 게 아니다. 그렇지만 생각해 보자. 엄마가 자신의 진정한 모습을 찾기 위해 고군분투하는 시간을 오롯이 지켜본 아이는 절대로 빗나갈 수 없다. 세상이 뒤집혀도 다시 일어나는 엄마를 보면서 아이는 무엇을 배웠을까?

아이는 말한다.

"엄마가 내 엄마라서 얼마나 다행인지 몰라요. 엄마가 정말 자랑스러워요." 라고.

운명을 바꾸는 방법

———

　　　　　　강의에서 만난 엄마들은 아이가 책을 안 읽는다는 말을 가장 많이 한다. 게임에 빠져 책 읽을 생각을 안 한다는 게 엄마들의 말이다. 어떻게 하면 아이가 책을 좋아하게 할 수 있냐고 물어온다. 나는 되묻는다.

"어머니는 한 달에 책을 몇 권 읽으세요?"

질문을 받은 엄마들 대부분은 침묵하거나 멋쩍게 웃는다. 책을 읽는다는 것은 인간이 태어나면서부터 타고나는 능력이 아니다. 글은 인간 고유의 발명품이고 책을 읽는다는 것은 후천적으로 습득한 기술 중 하나이다. 따라서 책을 읽는 것은 충분한 시간을 두고 연습을 거듭해야 제대로 해낼 수 있는 고도의 기술인 것이다. 책을 읽는다는 것은 글을 읽는 것과 다르다. 구조적으로 짜진 이야기의 유기적 관계를 이해하는 능력이 필요하다.

일주일에 한 번 논술 학원을 보내면 아이의 독서 습관이 제대로 잡힐까? 그렇게 간단한 문제라면 대한민국 엄마들이 그렇게 고민할 필요가 없다. 어떤 배움이든 생활에 녹아들 때 비로소 제대로 자기 것이 된다. 생활 독서를 하려면 엄마가 함께 읽어야 한다. 독서의 진정한 즐거움은 함께 읽는 것에서 나온다.

아이는 책을 읽고 이야기하는 것을 무척 좋아했다. 책 속에 등장한 주인공의 성격이라든가 생김새라든가 하는 세세한 것부터 읽으며 떠올랐던 경험이나 생각까지 모조리 이야기했다. 그럴 때 내가 내용을 알고 있으면 핑퐁 대화가 된다. 때론 모르는 책이어서 추임새만 넣어줘도 아이는 신이 나서 오래도록 이야기를 이어갔다.

아이 책이 아니더라도 엄마가 읽고 싶은 책을 읽어도 좋다. 어른이 읽어도 좋은 동화책이 얼마든지 있지만, 엄마 책을 읽는다고 해서 대화를 나눌 수 없는 것은 아니다. 아이가 읽는 책을 전혀 몰라도 아이의 이야기를 들어보면 어느 정도 파악할 수 있다. 때로는 아이의 말이 이해가 되지 않아도 1분마다 한 번씩 추임새만 넣어주면 된다.

"아~ 그랬구나. 음~ 재밌었겠다. 어~ 너는 그런 생각을 했구나."
적절하게 추임새만 넣어줘도 아이는 멈추지 않는다. 아이가 어느 부분을 이야기할 때 가장 신나게 말하는지 지켜보면 아이의 관심사를 알 수 있다. 그것에서 하나씩 연결하고 확장하면 편독조차 막을 수 있다. 이것이 경청의 힘이다. 책을 읽기 힘들다면 아이의 마음을 읽어보길 바란다. 엄마가 아이의 마음을 읽으면 아이는 더 신이 나서 책을 읽는다.

책 속에는 설렘이 있다. 모르고 있던 사실에 대해 알아가는 것이 얼마나 설레는 일인지 독서를 통해서 알게 되었다. 새로이 알게 된 사실과 스키마가 연결되고 그 둘이 제대로 만나면 스파크가 일어난다. 둘의 힘이 합해지면 가끔은 엄청난 시너지를 내기도 한다. '아하!'의 경험은 무엇과도 바꿀 수 없는 짜릿한 희열을 가져다준다.

〈언제 어디서든 책 읽기〉

　나는 독서의 희열을 서른여섯이 되고부터 본격적으로 느끼기 시작했다. 얼마 되지 않았다는 얘기다. 어릴 때 우리 집에는 교과서 외에 책이라곤 없었다. 도서관은 도서관일 뿐 나와는 상관없는 곳이었다. 아이를 낳아 기르면서 독서의 중요성을 알게 되고 목숨 걸고 책을 읽는 척했다. 그렇게 6~7년을 보내고 나니 비로소 책 속에 설렘을 발견한 것이다. 매일 책을 들고 다닌 결과다. 매일 책 읽는 모습을 보여 준 결과이다. 책이 좋아서 읽었던 것이 아니다. 보여주기 위해 읽었다. 무슨 뜻인지도 모르고 읽을 때도 있었다. 앞뒤 연결이 되지 않아 다시 앞으로 갔다 오기를 반복하며 읽었다. 내가 살아오던 방식대로 살지 않는 일은 운명을 거스르는 것만큼 어려웠다. 나는 책으로 운명을 바꿨다. 나뿐만 아니라 아이의 운명도 바꿨다.

함께 해요, 제발

———

엄마는 아이가 잘 되기를 바란다. 부모교육이나 상담을 할 때 묻는다.

"아이가 어떤 어른으로 자랐으면 좋겠어요?"

엄마들 대부분은 아이가 행복했으면 좋겠다고 한다. 아이가 원하는 일을 했으면 좋겠다고 한다. 하지만 상담을 이어가면 금방 자기 마음을 드러내고 만다. 기본은 했으면 좋겠다고. 기본이 어느 정도 하는 것일까? 기본만 했으면 좋겠다는 그 말 속에는 공부 잘했으면 좋겠다가 포함된 말이다. 엄마들은 자녀에 대한 자신의 마음을 잘 알지 못하는 것 같다. 기본만 했으면 좋겠다고 말하지만, 이면에는 똑똑한 아이라 뭐든 잘하면 좋겠다는 마음이 숨어있다. 아이가 상처받지 않았으면 좋겠다고 말하지만, 기본을 못 해내는 아이 때문에 자신이 상처받고 싶지 않은 마음도 숨어있다.

아이들은 누구나 자신만의 탤런트를 하나 이상 가지고 태어난다. 엄마의 기준이 아닌 아이의 기준에서 행복하고 스스로 시간을 보낼 수 있는 것을 찾아낼 수 있도록 돕는 것이 엄마가 할 일이다. 돕는 일은 간단하다. 지켜보면 된다. 이래라저래라 하지 않고 아이를 따라가며 지켜봐 주면 된다. 엄마의 바람을 따라가느라 자신이 진정 뭘 좋아하는지 찾지 못하는 아이들을 보면 마음이 아프다.

"아이가 하루 종일 게임만해요. 이제 보기만 해도 화가 머리끝까지 올라온다니까요!"
상담이나 강의를 하다 보면 종종 듣는 이야기다. 나는 되묻는다.

"그 휴대전화를 누가 사줬나요?"

"제가 사줬죠. 요즘 애들 전화 없이 되나요? 과제도 함께 해결하던데요, 휴대전화 없으면 왕따 당해요!"

휴대전화가 없어서 왕따 당한다는 말은 근거 없는 이야기다. 오히려 휴대전화가 있어서 왕따 당하는 경우가 더 많다. 불필요한 단체 톡방을 만들고 그곳에서 온갖 말이 오간다.

아이가 18살이 될 때까지 휴대전화를 주지 않을 생각이다. 아이 아빠와 교육철학이 맞아야 실천이 가능한 일인 걸 안다. 우리 가족도 몇 차례 우여곡절을 겪었다. 지금도 겪는 중이다.

"나는 책을 좋아하는데 아이는 책을 안 좋아해요."

그럴 수 있다. 그래서 환경이 중요한 것이다. 우리 집 환경에 독서를 방해하는 것이 없는지 확인할 필요가 있다. 나 같은 경우는 첫째 아이를 키울 때 3년 동안 TV를 켜지 않았다. 장난감 대신 책으로 공간을 채웠다. 환경을 바꾸고 엄마가 책을 읽으면 아이도 곧 읽게 될 것이니 걱정할 필요는 없다. 책이 제일 훌륭한 장난감이 될 것이다.

독서 환경 만들기는 온 가족이 함께할 일이다. 엄마의 의지는 확고한데 아빠가 퇴근 후 TV부터 켠다면 말짱 도루묵이 되고 만다. 원칙을 정하자. 아이가 잠든 후에 TV 시청, 혹은 다른 공간에 가서 시청 등 가족회의를 통하여 규칙을 정할 필요가 있다.

아버지가 움직이는 집안은 다르다. 아버지가 나서주면 뭐든지 굵고 상쾌하게 실천된다. 묵직하게 움직이지 않는 아버지가 제발 동참해 주시면 좋겠다.

들어볼래요?

———

엄마들과 대화를 하다 보면 시간이 없다는 말을 많이 한다. 집안일도 해야 하고 남편도 챙겨야 해서 책 읽을 시간이 없다고 한다. 심지어 아이들에게 책을 읽어 줄 시간도 없다고 한다. 아이가 초등학생이 되고 나면 읽기 독립이 되었다고 생각하고 스스로 책을 읽기를 바란다. 물론 어릴 적부터 읽어 주지 않은 엄마들도 종종 만난다. 가끔은 자신의 책을 읽느라 아이 책은 거들떠보지 않는 엄마도 만났다. 차라리 후자가 낫다. 엄마가 휴대전화를 하루 종일 들여다보고 아빠가 퇴근 후 TV를 켜지만 않는다면 말이다.

그러나 대부분은 책 읽기가 생활화가 안 된 엄마가 대부분이다. 시간이 없다는 말은 핑계일 뿐 책 읽기가 쉽지 않은 것이다. 읽어도 무슨 말인지 이해할 수 없다는 말도 한다.

"운전 중에만 책을 읽어도 일주일에 한 권은 읽어요."
의문스러운 얼굴로 바라보는 엄마들을 향해 다시 말한다.

"저는 읽을 상황이 안 되면 들어요."
책을 들을 수 있다는 것을 의외로 모른다. 아이들 언어학습용 CD 말고는 들어본 일이 없다고 한다. 나는 하나하나 차근차근 안내한다. eBook 앱 설치부터 도와주고 전자도서관 이용까지 안내하고 나면 틈틈이 들어서 한 달에 한 권은 꼭 완독하겠다고 다짐한다.

아이들 언어 학습할 때 CD나 온라인 도서관을 이용해서 끊임없이 듣게 한다. 아이가 어렸을 때 한글책도 CD를 이용해서 들려주는 엄마도 봤다. 마찬가지다. 모바일 앱을 이용해서 들으면 된다. 여자 목소리, 남자 목소리, 아이 목소리 중에 마음에 드는 목소리를 골라 들으면 된다. 나는 여자 목소리가 듣기 편하다.

아이와 eBook을 함께 듣고 필사해보는 것도 좋다. 좋은 구절이나 기억하고 싶은 문장을 글로 옮겨 보면 그냥 읽거나 듣는 것보다 마음에 더 와닿는다. 패드를 이용하여 eBook을 켜고 한 문단씩 읽어보는 것도 좋다. 소리 내어 읽는 것과 눈으로 읽는 것의 차이는 크다. 하루에 한 꼭지씩만 읽어도 한 달이면 한 권을 충분히 다 읽는다.

아이가 책을 안 읽는다고 걱정할 필요는 없다. 엄마가 읽고 책을 녹음 해보라. 엄마의 목소리를 듣는 것은 또 다른 느낌을 준다. 아이와 함께 녹음해 보는 것도 좋다. 한 단락씩 읽고 녹음한 뒤 자기 전에 다시 들어본다. 하루를 마무리하기에 안성맞춤이다.

나는 정말 좋은 책이 있으면 하루 한 꼭지씩만 읽는다. 그것도 소리 내어 읽는다. 읽기만 하는 것이 아니고 녹음도 한다. 그리고 자기 전에 내 목소리로 녹음된 책을 듣는다. 인간은 자신이 생성해 낸 정보를 더 효율적으로 기억하고 활용한다. 자신이 쓴 글을 볼 때, 자신의 목소리를 들을 때 더 잘 기억하고 활용한다는 말이다.

한 번 읽었다고 해서 그대로 기억하고 활용하는 사람은 드물다. 여러 번 읽고 쓰고 들어야 반 이상을 기억하고 여러 번 말해야 90% 이상 기억한다. 자신의 목소리로 들은 정보는 다른 것에 비해 더 잘 기억하고 활용한다. 한번 해보라. 놀라울 것이다.

하루 15분 시간 내기

———

하루 24시간 중 1%가 15분인 것을 알고 나는 깜짝 놀랐다. 딱 15분이다. 하루 15분 투자로 많은 것을 바꿀 수 있다. 좋은 습관 잡기가 바로 그것이다. 하루 15분만 허락한다면 아이의 독서 습관도 잡을 수 있다. 매일 같은 시간에 15분씩 책을 읽어보라. 몇 달이 지나면 아이는 스스로 그 시간에 책을 집어 들게 될 것이다. 단, 하루도 빠지지 말고 어떤 상황이라도 하루 15분을 놓쳐서는 안 된다. 장소를 옮겨 가더라도 같은 시간에 책을 읽는 것을 꾸준히 한다면 매일 15분씩 책 읽는 습관을 들일 수 있다.

책을 읽는다는 것은 아이에게만 좋은 것이 아니다. 엄마 자신에게도 좋다. 두말하면 잔소리다. 나는 아이에게 책 읽는 모습을 보여주다가 정말로 책이 좋아졌다. 무슨 말인지도 모르겠고 재미도 없었지만, 아이가 책을 좋아하는 어른으로 자랐으면 하는 바람으로 그야말로 북 쇼를 했다. 하루 15분 북 쇼로 나는 다독 여왕이 되었다.

나는 새벽 5시가 되면 하루를 시작한다. 5시에 기상한다는 말이다. 하루 15분씩만 앞당겨 아침을 맞이해 보면 좋겠다. 나를 설레게 하는 것이 무엇인지 생각해 보고 15분 동안 무엇을 할 것인지 계획하면 좋다. 주말을 제외하더라도 일주일이면 아침에 1시간이 생긴다. 1시간 동안 무엇을 할 것인지 계획을 세워 보라. 계획한 대로 한 달만 살아보면 뭔가 달라지는 것을 알게 된다. 그렇다면 조금만 더 유지해 보자. 머지않아 자신이 뭔가 큰 것을 바꾸고 있다는 사실에 놀라게 될 것이다.

나는 더 긍정적인 마음이 생기고 감사의 마음이 덩달아 생겼다. 자신감으로 꽉 찬 하루를 만든다. 하루 종일 일이 잘 풀린다. 생각했던 일은 모조리 추진되고 좋은 결과를 가지고 왔다. 나는 새벽 5시 기상으로 많은 것을 바꿨다. 아침이 바뀌면 인생이 바뀐다.

나는 새벽 시간에 글을 쓰는 일 외에도 찬물에 샤워, 3단계 호흡, 러브 코드를 한다. 책을 읽고 목소리 녹음을 한다. 오늘의 문장을 쓴다. 물을 마신다. 중국어 10문장을 따라 읽는다. 이것이 나의 아침 루틴이다. 이 일이 다 마무리되면 가족 중 한 명이 하루를 시작하기 위해 몸을 일으킨다.

하루 15분 루틴 중에 빠질 수 없는 것이 운동이다. 나의 하루 운동은 대부분 15분이면 할 수 있다. 20층 계단을 오르는 데 5분이 걸리지 않는다. 스쿼트 100개를 하는 데 5분이면 충분하다. 덤벨 운동도 5분을 넘기지 않는다. 중요 운동은 여기까지다. 하루 만 보를 걷는 것도 운동의 일부이지만 걷기는 마음의 운동으로 넘긴다. 생각을 정리하고 나를 바라보며 걷는다.

마음 정화 루틴도 빼놓을 수 없다. 새벽 15분 루틴에서 러브 코드를 시작으로 생활 중간에 명상을 한다. 10분을 넘기지 않는다. 10분 이상을 목표로 하면 부담이 생긴다. 10분을 목표로 명상을 시작하면 나도 모르게 그 이상을 넘길 때가 있다. 그러면 집중이 잘되었다는 증거다. 그걸로 충분하다. 러브 코드와 명상, 그리고 걷기는 마음 정화하기에 매우 좋다.

루틴을 만드는 과정에서 의지력이 생기고 끈기는 기본으로 장착된다. 처음 며칠은 의식적으로 지켜야 하지만 몇 주, 몇 달이 지나면 몸이 기억하고 스스로 행한다. 새벽 루틴은 가장 힘이 세다. 인생을 바꿔 놓기에 충분하다.

엄마가 자기 계발을 하면 아이도 배운다. 엄마가 자기 자신을 찾고자 고군분투하면 아이도 그 모습을 보고 배운다. 내가 자기 사랑을 실천하기 시작하면서 아이도 자신을 사랑하기 시작했다. 자신의 작품을 보여주기 꺼렸던 아이가 완성하기도 전에 과정을 보여준다. 한술 더 떠서 이렇게 말한다.

"엄마! 정말 괜찮지 않아요? 기가 막힌 아이디어예요!"
이 자신감은 어디서 나오는 걸까? 엄마를 지켜보며 장착한 자존감이다. 자기 사랑은 자신을 더 크게 바라보게 한다. 자신이 얼마나 위대한 존재인지 알게 해준다. 자존감과는 또 다른 풍만함을 느끼게 해준다. 내가 나를 사랑하자 세상이 달라졌다. 자기 사랑도 습관이다. 하루 15분, 나를 사랑하는 시간을 가져 보자.

하나씩만 시작해 보자. 하루 15분! 책 읽기부터.

목소리 독서 클럽

————

2019년 2월 목독 클럽을 시작으로 엄마들의 독서 모임을 시작했다. 아이를 키우고 있는 엄마이지만 대부분 책 읽을 시간이 없다고 말하는 분들로 구성되었다. 살던 대로 사는 것은 쉽다. 하지 않던 일을 꾸준히 한다는 것은 본능을 거스르는 것이다. 사람은 하던 대로 하고자 하는 본능을 가지고 있기 때문에 습관을 뒤집는 일은 그만큼 힘들다.

아이들을 위해서 책을 읽어보겠다고 마음을 먹고 목독 클럽에 가입은 했으나 맘처럼 쉽지 않은 책 읽기다. 하루에 한 줄이라도 읽기를 바라는 마음으로 한 달에 한 권 책 읽기를 격려했다. 아이들을 위한 독서에서 엄마를 위한 독서로 이어지길 간절히 바랐다. 내가 그랬던 것처럼.

책 읽을 시간이 없다는 엄마와 읽어도 이해가 되지 않는다는 엄마들을 위해서 책 듣기를 권하고 있다. 이해가 되지 않아도 반복적으로 들어보는 것을 추천한다. 책 읽을 시간이 없다고 하면 청소하면서, 설거지하면서 이어폰의 속삭임과 함께 하라고 말한다. 설거지와 청소를 하면서 들어도 일주일이면 책 한 권을 완독할 수 있다.

책을 듣다가 마음에 와닿는 문장을 만나면 녹음 앱을 이용해서 바로 녹음하기를 권한다. 보통 엄마들은 필기도구를 가지고 다니지 않는다. 집에 있을 때도 금방 찾기 힘들고 옆에 있다고 해도 필사하는 것이 습관이 되어 있지 않으면 한 문장도 쓰기 어렵다. 손쉽게 녹음하고 잠들기 전 아이가 들을 수 있게 해주면 좋다. 따로 시간을 내어 엄마 목소리를 듣고 그대로 적어보자. 수업을 들으며 필기하는 것을 미리 연습할 수 있다. 여러모로 활용하기 좋은 활동이다.

코로나19 영향으로 오프라인 모임이 사라져 갔다. 온라인 독서 모임이 필요했다. 목숨 걸고 독서를 하는 엄마들의 모임에서 의미를 부드럽게 바꿔봤다. 목소리 독서 클럽 회원들은 아이들과 함께 eBook을 듣는다. 종이책이 좋은 아이는 눈으로 읽는다. 기억에 남는 문장을 녹음하고 필사한다. 책 내용 중 실천할 만한 것을 찾아 하나씩 실천해 보기도 한다. 목소리 독서 클럽은 책을 듣고 목소리를 녹음하는 온라인 독서 모임이다.

엄마와 아이가 한 단락씩 나누어 핑퐁 읽기를 하는 것도 참 듣기 좋다. 또랑또랑한 여자아이의 목소리, 걸걸한 사춘기 남자아이의 목소리, 자상한 엄마의 목소리, 또박또박 예비 엄마의 목소리 등 각자의 개성 있는 목소리로 독서를 하는 즐거움을 전달해 주어 참 좋다.

책을 무조건 읽자고 하면 아이들은 한 권 읽었다는 것에 의미를 둔다. 책 속에서 경험할 수 있는 것들을 대부분 놓치고 읽으라고 하니 그냥 읽는다. 엄마는 남는 것이 없으니 쓰라고 한다. 줄거리를 중심으로 쓴다. 느낌을 쓰라고 하면 '재밌었다' 라고 쓴다. 그런 책 읽기와 독후 활동이 과연 무슨 의미가 있을까?

한 줄을 읽더라도 생각을 해야 한다. 느껴야 한다. 이야기를 나누어야 한다. 실천해야 한다. 읽는 양이 문제가 아니다. 그건 나중 문제다. 책을 읽는다는 것은 내가 변화하겠다는 이야기다. 독서는 행동이다. 듣고 말하고 읽고 쓰는 활동을 다 하면 좋다. 몸을 움직이면 금상첨화다.

미니멀 라이프 책을 읽고 실천하고 있는 예비 엄마가 있다. 필요 없는 물건을 줄이면 진정으로 중요한 것이 무엇인지 알게 된다. 내 인생에 진짜 중요한 것만 남기게 되는 것이다. 내 생각 과 마음이 불필요한 것에 가 있는 것과 진정으로 중요한 것에 가 있는 것의 차이를 생각해 보라. 인생이 얼마나 어떻게 달라 지겠는가!

책 속 장소로 이동하거나 책 속 주인공의 말을 따라 하거나 책 속에 나오는 음식을 함께 만들어 보는 활동은 독서의 재미를 높일 뿐 아니라 실천 독서를 할 수 있는 중요한 통로가 된다. 책 을 읽고 한 가지씩 실천만 해도 몇 달이 지나지 않아 인생이 달 라짐을 느끼게 된다. 나는 아이들에게 독서를 하고 실천하지 않 으면 읽지 않은 것이라고 말한다. 마음의 변화를 시도하는 것이 가장 중요한 실천이다. 1분이라도 주제에 대해 진지하게 생각해 보는 것도 실천이다.

바쁜 엄마라면 목소리 독서 클럽 회원들처럼 책을 듣고 자신의 목소리를 녹음해 봤으면 좋겠다. 하루 15분 시간을 투자하여 책을 듣고 기억에 남는 한 문장을 녹음해서 남겨 보자. 작은 행동의 반복은 위대한 결과를 가지고 온다.

Hasse's license childcare

06

12시간 책을 읽고
그림을 그리는 아이

아이는 다른 것은 몰라도 그림에 있어서는
완벽주의에 가깝다.
완벽주의라기보다는 인정받고 싶어 하는 것 같다.
유독 그림에 있어서는 스스로 만족해야 하고
다른 사람들에게도 인정을 받고자 한다.

임명장, 그게 뭐라고

아이는 책 읽기를 무척 좋아했다. 학교에서도 쉬는 시간에는 늘 책을 읽을 정도였다. 특히 3학년 때는 그 열기가 절정에 닿았을 때다. 그러던 어느 날, 아이가 말했다.

"엄마! 나 반장해볼래요!"

나는 아이에게 왜 반장이 되고 싶은지, 반장이 되면 어떻게 하고 싶은지에 대해 써보라고 했다. 아이는 3학년 4반이 책을 좋아하고 그림을 그리는 반이 되었으면 좋겠다고 말했다. 자신이 좋아하는 것을 친구들과 함께하고 싶다는 말이었다.

아이는 반장 후보가 되어 자신이 뜻하는 바를 당당하게 발표

했다. 그리고 반장이 되었다. 10살, 첫 리더로서의 활동이 시작된 것이다. 아이는 즐거워했고 열정으로 가득 차 있었다. 나는 아이가 스스로 잘할 수 있도록 격려와 지지를 아끼지 않았다.

그 당시 나는 학교에 가는 엄마가 아니었다. 교통봉사 외에는 학교에 가지 않았다. 1년에 2번 있는 학부모 상담도 전화 상담을 선택했다. 학교생활은 오롯이 아이의 영역이라고 생각했다. 아이가 스스로 잘 해낼 거라 믿었다.

그러던 어느 날, 하교 후 돌아온 아이의 얼굴이 심상치 않다. 금방이라도 울음을 터뜨릴 것 같은 얼굴로 아무 말 없이 나를 한참이나 바라보더니 이내 통곡하기 시작했다. 꺼이꺼이 오래도록 울었다.

나는 아이를 안았다. 한참을 기다렸다. 아이의 울음소리가 잦아들고 어깨의 들썩임이 사라질 때쯤 아이를 떼어내고 물었다.

"왜 이렇게 슬퍼?"
아이는 훌쩍이며 말했다.

"선생님이 나더러 반장 자격이 없대요."

아이의 말을 차분히 들어보니 오늘 임원 모임이 있었는데 책 읽다가 시간 가는 줄 모르고 참석을 못 했단다. 그 사실을 알게 된 선생님이 아이들 다 있는 앞에서 반장 자격이 없어서 임명장을 줄 수 없고 부반장한테 주겠다고 했다는 것이다. 처음 있는 임원 모임이라 잘 챙겼어야 했는데 책에 빠져 있느라 시간을 놓친 것!

선생님은 아이들 앞에서 한참 동안이나 비슷한 말로 아이의 자존감을 바닥으로 내던진 모양이었다. 이제 3학년, 첫 임원 모임이라는 것을 감안할 때 좀 지나친 처사가 아니었나 싶었다. 아이의 말만 듣고 판단할 수는 없는 노릇, 선생님을 찾아뵀다.

"안녕하세요, 선생님."
나를 보자마자 선생님이 하는 말,

"임명장 때문에 오셨죠? 가져가세요!"
나는 미소를 잃지 않으려 노력하며 말했다.

"아이가 반장이 처음이라 첫 임원 모임을 놓쳤다고 들었어요. 오늘 선생님의 가르침으로 아이도 느낀 점이 많을 겁니다. 집에서 아이와 대화하며 챙겨볼게요. 이제 막 10살이 된 아이들이니 완곡한 표현으로 지도해 주실 것을 부탁드립니다."

고개를 숙이며 정중히 부탁하는 나를 보며 그렇게 하겠다고 말했지만, 표정과 눈빛과 행동은 다른 말을 하고 있었다.

그 이후로 아이는 가끔 뜬금없이 울었다. 왜 우냐고 물으면 선생님의 말씀이 계속 귀에서 들린다고 했다. 나는 아이와 함께 화장실로 갔다. 변기 뚜껑을 열고 고함을 질렀다. 아이도 함께 고함을 질렀다. 그리고 말했다.

"속상한 마음, 아픈 소리 다 시원하게 보내버려!"

아이는 변기 물을 내리며 웃었고 이후로도 몇 번씩 같은 행동을 했다.

선생님은 시험 결과를 두고 반장이 이 점수가 뭐냐고 했고 이슈가 있을 때마다 반장을 질책하며 1학기를 보냈다. 2학기가 되고 반장이 바뀌어도 같은 방식으로 그 아이의 자존감을 바닥으로 내던지고 아프게 했다.

그러던 어느 날, 아이가 말했다.

"선생님이 진혁이를 밀고 때렸어요!"
아이 이야기를 차분하게 들어보니 선생님이 가끔 아이들을 때리는데 오늘은 좀 심했다고 했다. 그리고 과학 시간에 필통으로 머리를 맞았다고도 했다.

고민했다. 그래도 선생님과 먼저 대화를 해야겠다고 생각했다. 내일 찾아뵙겠다고 전화를 했으나 일본으로 연수를 떠난다고 했다. 그리고 잠깐의 통화, 자초지종을 들어보니 수업 시간에 다른 것을 해서 필통을 들었는데 오해를 한 것 같다고 했다. 기억은 잘 나지 않지만 때렸어도 필통이 아픈 재질이 아니었다는 항변. 듣고 있자니 숨이 턱 막혔다. 차분히 내가 던진 말,

"선생님, 아이들은 꽃으로도 때리면 안 되는 겁니다. 필통으로 머리를 때리다니요, 말도 안 되는 일이에요."

내 말을 들은 선생님은 아이와 잠깐 통화하고 싶다고 하시고는 아이를 다그쳤다. 나는 다시 수화기를 돌려받아 아이가 불안해하는데 무슨 말을 하신 거냐고 물었다. 선생님은 서로 오해가 있는 것 같은데 앞으로 조심하겠다고 하고 전화를 끊었다.

　며칠 후 반장 엄마와 통화를 했다. 아이가 학교에 가고 싶어 하지 않는다는 말과 함께 그동안 담임선생님의 말과 행동에 관한 이야기를 쏟아내시며 전학을 보내야겠다고 했다. 나는 망설였다. 이 정도면 그냥 넘어가서는 안 되겠다는 생각과 일을 복잡하게 만들고 싶지 않다는 생각이 공존했기 때문이다. 반장 엄마도 상종하고 싶지 않다고 하고 전화를 끊었다. 아마도 내 위로가 필요했던 모양이다. 선생님이 다른 아이들에게도 같은 상처를 주고 있진 않을까 이후로도 한참이나 마음이 불편했다.

30점에서 만점으로!

———

아이는 하루 대부분을 책을 읽으며 보냈다. 하교 후 집으로 돌아오면 간식을 먹고 책을 읽기 시작해서 저녁 먹을 시간까지 책을 손에서 놓지 않았다. 교과서 읽는 것도 좋아해서 사회나 과학도 곧잘 따라가고 교과 관련 동화도 많이 읽었다.

당시 나는 시끄러운 공부방을 운영하고 있었는데 각 교과를 본격적으로 공부하기 전에 동화를 먼저 읽도록 했다. 과학 동화, 경제 동화, 한국사 관련 책을 먼저 읽고 대화를 나누고 교과서를 읽혔다.

아이도 함께 수업에 참여하긴 했지만 주로 스스로 할 수 있도록 코칭만 했다. 그날 공부할 분량을 스스로 확인하고 시간, 양, 질을 먼저 기록하게 했다. 그 외에 문제 풀기나 채점, 오답 체크 등은 일절 손대지 않았다. 방법도 알려주지 않았고 스스로 궁금해할 때까지 기다렸다.

시끄러운 공부방에서 아이들은 서로 묻고 답하기를 즐기고 수다 속에서 문제 해결점을 찾는 방식으로 공부했다. 나는 각 교과를 나누어 공부하기보다는 관련 동화를 읽고 느낀 점을 이야기하는 방식으로 수학을 공부하더라도 교과의 영역을 허물 수 있도록 도왔다.

예를 들면 국어 교과에서 문장을 발췌하고 수학 문제를 만들어 스스로 풀 수 있도록 했다. 또 실생활 속에서 일어날 수 있는 문제 상황을 가지고 와서 논제를 만들도록 했다. 스토리텔링 수학은 물론이고 주산, 암산 수업도 병행했는데 그 속에서 몇 명의 아이들은 몰랐던 자신의 탤런트를 찾기도 했다.

그러던 어느 날, 아이가 학교에서 돌아와 말했다.

"엄마, 나 수학 시험을 봤는데 점수가 30점이에요."

"그래?"

"저 오늘부터 자기 주도 학습할래요. 어떻게 하는지 알려주세요."
　그날부터 아이는 수학 공부를 시작했다. 아이가 2학년 때 두 자릿수 더하기 두 자릿수 문제를 십의 자리와 일의 자릿수를 더해서 풀었다. 왜 그러냐고 물어보면 둘이 닮아서라고 답했다. 나는 그런 아이의 논리가 이상하지 않았다. 상상력이 풍부하고 수의 개념이 아직 잡혀 있지 않아서라고 생각했다. 나는 딱 한 가지만 알려줬다.

"수학은 약속이야. 십의 자릿수와 십의 자릿수를 더하는 약속, 일의 자릿수와 일의 자릿수를 더하는 약속."
　이후로 아이는 수학을 싫어하지 않았다. 교과 관련 동화를 읽을 때도 수학 동화부터 읽었다. 수학 동화를 읽은 다음 교과서를 읽고 개념 정리를 했다. 정리된 개념은 친구나 엄마, 혹은 투명인간을 만들어 놓고 설명했다. 그런 다음 관련 문제를 풀고 스스로 채점한 뒤 오답 체크를 위해 문제를 필사하고 다시 풀었다.

다음 시험에서 80점, 그다음 시험에서 100점을 받을 수 있었던 비결이다. 당시 모든 교과가 서술형으로 출제되었기 때문에 아이에게는 더욱 유리했다. 책을 많이 읽은 덕분에 문장으로 표현하는 것은 누워서 떡 먹기였고 개념을 정리하는 것도 어렵지 않았으며 관련 문제를 서술형으로 풀어내는 것을 좋아했다.

선생님께서는 동그라미만 그려서 주기가 미안해서 코멘트를 단다고 하시며 '정확한 문제 풀이와 개념 정리가 완벽하다.' 라고 적어주셨다. 아이는 자신의 시험지를 보여주며 스스로 자랑스러워했고 동시에 수학에 대한 두려움을 털어냈다.

어릴 때부터 책만 읽혔고 다른 장난감을 사주지 않았다. 일부러 사주지 않은 것은 아니지만 돈이 없어도 해줄 수 있는 일이 집 앞에 있는 도서관으로 가는 일이었기 때문이다. 아이가 5살이 되던 해에 도서관이 바로 옆에 있는 임대 아파트로 이사를 하게 되었다. 책을 사지 않아도 될 만큼 우리는 자주 도서관을 방문했다. 읽다가 집으로 돌아올 때에는 그날 읽을 책을 대여했다.

책을 대여해 돌아오면 아이는 책을 읽어 주기를 바라는 눈빛을 한참이나 쏘아댔다. 5살이 되면서 책을 더 많이 읽게 된 아이는 내가 손가락으로 글자를 하나씩 찍으면서 읽어 주는 것을 좋아했다. 그러던 어느 날 엄마 공부가 깊어지고 책 읽어 주기를 하루씩 건너뛰면서 아이는 스스로 한글을 깨쳤다. 5살 때부터 손가락으로 한 글자씩 찍으며 읽어 주었던 것이 효과를 발휘한 순간이었다.

아이는 책을 읽고 그림으로 표현하는 것을 무척 좋아했다. 하루는 대학원 임원 투표에 필요해서 큰 전지를 5장 구매했는데 아이가 한 장만 달라고 했다. 자신의 몸보다 큰 전지에 바다를 그리고 인어공주를 그리고 바닷속 동물을 하나씩 그려 넣더니 순식간에 전지를 꽉 채웠다. 그리고 재잘재잘 잘도 떠들어댔다. 책과 그림은 아이가 자라는 동안 유일한 장난감이었다.

아이가 스스로 책을 읽기 시작하고 몇 달이 흘렀을 때 우리는 각자의 책에 빠져 있었다. 얼마나 시간이 흘렀을까? 훌쩍거리는 소리가 들렸다. 아이가 책을 읽으며 울고 있었다. 왜 우는지 물었다.

"엄마, 개가 너무 불쌍해요. 그리고 감동적이에요."

아이가 읽고 있었던 책은 『플란다스의 개』였다. 6살 아이가 책을 읽고 훌쩍이고 있는 모습이 귀엽기도 하고 어른스럽기도 했다. 나는 아이를 꼭 안아주었다.

나는 책이면 다 된다고 믿고 아이를 키웠다. 지금도 그 생각은 변함이 없다. 물론 몸으로 노는 것도 필요하다. 지금은 아이가 14살이 되었으니 운동으로 체력도 키우고 에너지도 채우며 뿜어야 한다고 생각한다.

독서는 많은 것을 가능하게 해주었다. 한글을 깨치고 공감 능력을 길러주었으며 국어뿐 아니라 다른 교과 공부에도 바탕이 되어 어렵지 않게 초등 공부를 할 수 있었다. 중고등 공부도 마찬가지라고 생각한다. 독서력이 떨어지면 어휘력은 당연히 떨어진다. 요즘 아이들이 교과서를 이해하지 못하는 가장 큰 이유다.

요즘 판타지 소설에 쏙 빠져 사는 아이를 나는 말리지 않는다. 아이의 꿈은 웹툰 작가이다. 그것도 말리지 않는다. 자신이

하고 싶은 일을 하며 행복하게 사는 것이 우리가 살아가는 목적
이자 목표라고 생각하기 때문이다.

얼마 전, 아이의 졸업을 앞두고 진학 문제에 대해 심도 있게
얘기한 적이 있었다. 나는 중학교에 진학하지 않아도 된다고 말
했다. 3년 동안 중, 고등 과정의 검정고시를 패스하고 17살부터
는 원하는 공부를 하라고 했다. 대학이 아니어도 좋고 포토샵이
나 그림에 관련된 것이어도 좋다고 했다. 책을 좋아하니 북 디
자인도 매력적이고 그림과 책이 융합된 직업은 얼마든지 있다
는 말도 잊지 않았다.

선택은 아이의 몫이다. 세상을 살아가는 방식은 무궁무진하
기 때문이다. 엄마는 세상의 일을 다 알 수 없지만 다양한 길이
있다는 것을 알려주어야 한다. 아이의 선택에 따라 함께 걷고
때로는 떨어져 걸으면 될 일이다.

수학 점수가 30점이어도 아무 상관없었다. 수학은 약속이라
는 말을 찰떡같이 알아듣고 스스로 찾아낼 줄 알았기 때문이
다. 모든 공부는 스스로 동기가 부여됐을 때 추진력이 달린다.

효과도 엄청나다. 기다려주면 된다. 아이가 스스로 궁금해할 때까지.

세상이 너를 궁금해해

———

아이는 책에 빠지면 주위 상황을 잘 살피지 못했다. 놀이라고는 책 읽기가 전부였으니 다른 아이들과 어울리는 방법도 몰랐고 그다지 즐기지 않았다. 혼자 있어도 잘 놀았고 다른 아이들이 있어도 상관없이 책을 읽었다.

그러던 어느 날, 아이의 짝이 생일 초대를 해왔다. 엄마와 함께 가는 생일 파티라고 했다. 아이는 가고 싶어 했다. 문제는 모두 남학생이었다는 것. 의외로 아이는 함께 먹고 잘 놀았다. 집에서의 파티가 끝나고 방방 월드라는 곳에서 놀게 되었다. 얼마나 거칠게 놀던지 지켜보는 내가 깜짝 놀랄 정도였다. 아이들은 밀고 때리고 내던지며 놀았다. 아이는 놀라 나에게로 뛰어왔다.

배를 움켜잡으며 아프다고 했다. 그날 이후로 아이는 그 아이들과 어울려 놀고 싶지 않다고 했다.

아이가 4학년이 되고 우리는 이사를 했다. 아파트 단지 안의 학교가 아직 개교 전이라 아이는 3개월 정도 버스를 타고 등교를 했다. 그즈음 아이는 또래 아이들과 함께 놀기 시작했는데 삐지고 싸우는 아이들을 이해하기 힘들어했다. 절교하자는 말을 밥 먹듯이 하는 친구들 때문에 마음을 다쳐 오는 날이 많았다.

아이 얘기를 들어보니 내가 어렸을 때 모습과 크게 다르지 않았다. 여자아이들은 자신이 좋아하는 친구를 옆에 두려는 욕심이 강해서 다른 아이들과 어울리는 모습을 보면 질투를 크게 느끼는 것이다. 마음이 상한 친구는 절교하자고 하고 아이는 그것을 이해하지 못했다. 두루두루 친구를 사귀는 아이는 딱 한 명만 옆에 두는 것을 어려워했다.

친구들은 일거수일투족을 말하는데 아이는 그것을 그다지 좋아하지 않았다. 친구들은 자기들끼리 어울리기 시작했다. 가끔은 아이들과 삼삼오오 모여 수다를 떠는데 다른 아이들을 욕하거나 연예인 얘기가 주를 이루니 아이는 동참할 수가 없었다고 했다.

집에서 TV를 보지 않으니 연예인을 알 수도 없고 자리에 없는 사람의 욕을 하는 것에는 참여하지 말라는 말을 귀에 딱지가 앉도록 들었으니 그 속에 낄 수가 없는 것이 당연한 일이었다. 아이가 말하고 싶은 것은 책이나 그림 이야기였다.

전학을 하고 1년쯤 지났을 때 아이는 자신과 맞는 친구를 만났다고 기뻐했다. 같이 있으면 마음이 편하고 많이 웃게 된다고도 했다. 그런데 그 친구가 불쌍하다고 했다. 그 친구 엄마가 친구를 미워하고 자주 때린다고 했다. 해줄 수 있는 일이 없어서 답답한 모양이었다. 이럴 때 엄마인 나도 참 안타깝다.

그 친구도 그림을 좋아해서 다양한 방법으로 그림을 그리는데 생일 선물로 스케치북과 색연필을 선물로 주고 싶다고 했다. 나는 아이와 함께 전문가용 스케치북과 색연필을 사서 포장을 했다. 그런데 얼마 전 그 친구 엄마가 공부는 안 하고 그림만 그린다고 그 스케치북을 모조리 찢어 버렸다는 것이다. 아이는 정말 속상해했다. 우는 친구를 달래주는 것 말고는 해줄 수 있는 일이 없다며 답답하다고 했다.

이후 아이는 초등 그림 밴드에 가입해 맘껏 대화하고 그림을 그려 올리기 시작했다. 다른 친구들이 올린 그림을 다시 자신의 스타일로 그려 올리는 미션을 수행하기도 하고 자신의 그림을 올려 미션을 내기도 했다. 아이는 온라인 그림 공부에 푹 빠졌다.

그러는 동안 또래 집단에서도 나름대로 자신의 색깔을 드러내며 조금씩 녹아들어 갔다. 친구들의 험담은 여전했고 연예인 이야기도 그대로였지만 적당함을 알게 된 아이는 웃으면서 거절할 줄도 알고 요즘 잘나가는 그룹의 춤과 노래를 따라 하기도 했다.

5학년 2학기가 되고 얼마 후 아이는 전교 회장 선거에 출마하겠다고 했다. 나는 아이가 3학년 때의 악몽을 잊은 것 같아서 기뻤다. 잊은 것이 아니라 극복한 것이다. 3년 만의 쾌거였다.

무척 기뻤지만 무심한 듯 말했다.

"그래? 한번 도전해봐."

아이는 스스로 플래카드를 만들어 열심히 선거운동을 했다. 선거 당일, 아이는 선거 관리 위원들과 부모님, 선생님들이 있는 앞에서 공약을 발표하고 큰 박수를 받았다. 한 자릿수 차이로 회장이 되지 못했지만 아이는 웃으며 말했다.

"초등 선거는 인기선거예요."

웃는 모습이 참 예뻤다.

6학년 2학기가 시작되고 얼마 후, 아이는 반장선거에 출마해 당선되었다. 아이는 실패를 두려워하지 않게 되었다. 실패 없는 성공은 없다는 것을 알기 때문이다. 모든 것은 준비하는 과정이 더 중요하다는 것을 누구보다 잘 알고 있다. 초등 6년 동안 많은 일이 있었다. 많은 도전을 했고 준비하는 과정에서 많은 것을 배웠다. 아이는 졸업 파티를 준비하고 치르면서 초등 생활을 멋지게 마무리했다.

내가 초등학생이었을 때, 왕따를 심하게 당해 밖을 나서기가 두려웠던 적이 있었다. 내가 남자아이들과 잘 어울린다는 이유로 여자아이들은 나를 대놓고 따돌렸다. 나는 무척 활동적이었고 운동도 잘하는 데다가 팔씨름을 패한 적이 없을 정도로 승부욕이 대단했다. 그러다 보니 자연스럽게 여자아이들보다 남자아이들과 어울리는 시간이 많을 수밖에 없었다. 아마도 그런 내가 부러웠을 터. 그런 시절을 겪고 보니 은근히 왕따를 당하는 아이를 보며 마음이 아팠지만 태연하게 대처할 수 있었다.

"네가 세상을 왕따시켜. 그리고 네가 좋아하는 일을 해. 세상이 널 궁금해하기 시작할 거야. 그때 네가 어떤 사람인지 보여주면 돼."
아이는 그때 그냥 좋아하는 일을 했다. 가끔 외로움을 느끼기도 했지만, 그 속에서 자신을 찾고 당당해졌다. 새로운 친구를 사귀는 것도 좋아하게 되었고 자신을 있는 그대로 드러내는 것도 두려워하지 않게 되었다.

어떤 경험도 헛됨이 없다. 당시에는 힘들어도 지나면 나를 만든 밑거름이었음을 어렵지 않게 알게 된다. 아이는 가정을 벗어나 처음 만나는 사회, 학교에서 몇 가지 우여곡절을 겪었다. 그

경험이 헛됨이 없다는 것은 지금의 아이가 증명해주고 있다. 나도 아이도 흔들리며 여기까지 왔고 건강하고 아름답게 피어나고 있다.

자전거 타는 방법

———

아이는 성장 속도가 매우 빨랐다. 팔과 다리가 길고 발도 하루가 다르게 자랐다. 사람들은 아이를 볼 때마다 모델이나 운동선수를 하라고 했다. 하지만 아이는 먹는 것을 좋아하고 운동신경이 남다르게 없었다.

긴 다리로 뛰면 당연히 1등 할 거라는 사람들의 기대와는 달리 아이는 꼴찌로 결승점에 들어왔고 민첩성과 순발력이 있는 편도 아니었다. 자주 넘어지고 몸으로 익히는 것은 시간이 많이 필요했다.

아이가 8살이 되고 몇 달 뒤, 자전거를 사주었다. 잡아주고 끌어주며 며칠을 연습했다. 3일째 되던 날, 페달을 밟아 누르면서 나머지 발을 올려 열심히 굴리면 된다고 말해주고 지켜보았다. 몇 시간 동안 고군분투하더니 드디어 페달 위에 두 발을 올리고 나를 향해 질주했다. 아이는 그날부터 아파트 단지 내에서 자전거로 활보했다.

3년 후 어느 날, 이사한 아파트의 아이들은 하나같이 자전거나 보드를 타고 다녔다. 그 모습을 본 아이는 고이 모셔두었던 자전거를 가지고 밖으로 나가더니 잠깐 사이 다시 돌아왔다. 자전거를 어떻게 타는 건지 모르겠단다. 남편과 나는 둘째까지 데리고 밖으로 나갔다. 아빠가 잡아주고 끌어줘도 아이는 두 발로 페달을 밟지 못했다. 넘어질까 봐 두려워 자전거가 기울어지기도 전에 한 발을 땅에 내려놓고 마는 것이다. 아이는 좌절하면서도 다시 시도하려고 하지 않았다. 우리는 아이의 결정을 존중하고 다른 운동을 찾아보자고 말했다.

우리 가족은 둘째가 생기기 전에 배드민턴을 가끔 쳤는데 그마저도 아이는 잠깐 치다 금방 싫증을 느끼고 말았다. 공이 여러 번 왔다 갔다 해야 재밌는데 매번 자기 앞에서 끊어지니 풀이 죽어 그만하자고 했다. 이사 온 다음, 아이는 방과 후 교실에서 배드민턴을 쳤다. 키가 워낙 크다 보니 함께 칠 아이도 없고 친다고 해도 실력 차이가 많이 나서 부끄럽다고 하면서도 그만두지 않았다. 2년 차에 접어들었을 때 선생님이 기술을 하나씩 알려 줄 만큼 실력이 늘었다. 아이는 아빠와도 자주 배드민턴을 쳤다. 그렇게 아이는 좋아하는 운동이 하나 생겼다.

아이는 초등학교에 들어가기 전에 3년 동안 태권도를 배웠다. 승급하는 것에 의미를 두지 않고 몸을 움직이고 에너지를 쏟아내는 것에 목적을 두고 꾸준히 다닐 수 있도록 했다. 6학년이 된 어느 날, 아이는 몸으로 하는 운동 하나를 더 해보고 싶다고 했다. 복싱이나 검도가 좋을 것 같다고 했다. 우연히 같은 아파트에 사는 공권유술 관장님을 알게 되어 아이와 나는 운동을 시작했다.

준비운동만 해도 땀이 나고 숨이 턱까지 차올랐다. 굉장히 격렬한 운동이었다. 아이는 매우 즐거워했다. 힘들다고 하면서도 포기하지 않았다. 뛰고 던지고 때리고 구르는 격렬한 운동이 아이에게 맞을 줄은 생각도 못 했다. 한 달도 되기 전에 그만둔다고 할 줄 알았는데 내 예상은 보기 좋게 빗나갔다.

운동 하나는 했으면 했다. 나도 그렇고 아이에게도 꼭 필요한 것이 운동이라고 생각했다. 그런데 아이는 하는 운동마다 길게 하지 못하고 포기했다. 나를 닮지 않았다고 생각했다. 학년이 올라갈수록 오래 하는 힘이 생기고 다양한 경험을 하면서 자신에게 맞는 운동을 찾아냈다.

남들은 말한다. 자전거는 기본이고 수영도 꼭 배워야 한다고. 그런데 누구나 다 자전거를 타고 수영을 해야 하는 것은 아니다. 자신에게 맞는 운동을 찾아서 꾸준히 하면 될 일이다. 자전거 좀 못 타면 어떤가. 배드민턴을 치고 공권유술로 에너지를 채우고 발산하면 그만인 것을.

버스를 타고 다녀야 하는 운동이라 일주일에 한 번 공권유술을 배웠다. 그조차도 코로나19 영향으로 못 가게 되었다. 다른 운동을 찾아야 했다.

아이는 성장이 무척 빨랐기 때문에 성장통을 많이 겪었고 시력도 나쁜 데다가 관절이 아프다고도 했다. 정형외과에 가서 진료를 받고 검사를 해봐도 별 이상이 없다고 했다. 운동 부족이라는 생각이 들었다. 어떤 운동이든지 꾸준히 해야겠다고 마음먹었다.

운동은 모든 것에 기본이 된다. 물론 학습에도 도움이 된다. 아무리 공부를 좋아하고 잘한다고 해도 육체의 단단함이 없으면 오래가지 못한다. 오래도록 잘하고 싶어도 몸이 따라주지 못하면 중도에 포기하게 되고 몸을 돌보느라 자신이 하고자 하는 일을 못 하게 된다.

나는 아이에게 그동안 내가 해왔던 운동을 알려주기 시작했다. 스트레칭부터 요가, 아령을 이용한 운동까지 하나하나 알려주고 아이에게 맞는 운동을 꾸준히 할 수 있도록 했다. 요가는 유연성이 없어 힘들어했지만 쉬운 동작을 하나씩 알려주면서 스트레칭하듯이 가볍게 할 수 있었다.

집에서 할 수 있는 운동을 위주로 꾸준히 하고 계단 오르기도 운동 목록에 넣었는데 20층까지 오르는 동안 아이는 한 번도 쉬지 않고 올라갔다. 아이가 6살 때의 일이 다시 생각날 정도로 아이는 나보다 빨랐다. 힘들어하는 나를 기다려주지도 않고 웃으면서 씩씩하게도 올라갔다.

아이에게 어떤 재능이 있는지 알기 위해서 잘 관찰하고 다양한 경험을 해봐야 하는 것처럼 운동도 마찬가지다. 아이에게 어떤 운동이 맞는지 알기 위해서는 다양한 운동을 해봐야 한다. 승부욕이 지나치다 할 정도로 지는 것을 싫어하는 아이의 성향을 알기에 혼자서 지구력을 기를 수 있는 운동도 필요하다고 생각했다. 계단 오르기는 탁월한 선택이었다. 포기하고 싶어 하는 나와는 달리 끝까지 목표를 향해 달리는 아이를 보면서 나는 또 하나를 배웠다. 기능적으로 익히는 운동이 힘들다면 지구력을 기를 수 있는 운동을 하면 된다.

엄마들은 아이가 못하는 것이 있으면 어떻게 해서든지 잘하게 만들려고 한다. 수학을 못하면 수학학원에 보내고 영어를 못하면 영어 학원에 보낸다. 나는 아이가 잘하는 것에 집중했다. 다양한 경험들을 할 수 있도록 길을 터주고 아이가 즐거워하면서 오래 할 수 있는 일을 스스로 찾기를 기다렸다. 아이는 자신의 장점을 살리면서 단점은 자연스럽게 희석되었다.

　아이뿐 아니라 엄마도 마찬가지다. 자신이 못하는 것에 집중하지 말고 잘할 수 있는 일을 하면 된다. 모든 것을 다 잘할 수 없다. 요리를 못한다고 속상해할 필요 없다. 할 수 있는 만큼 하면 된다. 때로는 조리된 음식을 사 먹어도 되고 가족 중 요리를 잘하는 사람이 있으면 역할 분담을 해도 된다.

　엄마와 아이 모두 자신의 장점에 집중하고 자신의 탤런트를 찾는 과정을 즐겼으면 좋겠다. 아이를 키우면서 나는 계속 성장했고 지금도 성장 중이다. 그래서 아이와 함께 또 다른 나도 찾고 싶다. 지금과 다른 나도 있다고 믿기 때문이다. 나는 좋아하는 일이, 잘하는 일이 되는 것을 즐기면서 살았다. 내가 잘할 수 있는 일을 나는 아직 다 찾지 못했다. 앞으로 어떤 일을 하게 될지 나도 모르겠다. 그래서 기대가 된다.

　아이가 자전거를 못 탄다고 해서 문제 될 것은 없다. 운동이 필요하면 세상에 있는 수많은 것 중에서 선택하면 된다. 얼마나 많은 운동 방법이 있는지 생각해 본 적도 없을 만큼 다양하다.

해보면 된다. 해보면서 나에게 맞는 것이 무엇인지 찾아서 꾸준히 하면 된다.

아이가 자전거를 못 탄다고 의기소침하고 그것에 집중했다면 다른 것에 도전할 수 없었을 것이다. 물론 거듭 연습하고 또 집중했다면 다시 자전거를 타게 될 수도 있었을지도 모른다. 하지만 나는 아이가 자전거 타는 것을 포기한 것도 멋진 선택이었다고 생각한다. 아이에게는 포기할 권리가 있고 단점보다는 장점에 집중할 권리가 있다.

엄마를 닮아서

———

　　　아이는 농담을 받아들이지 못했다. 내가
어릴 적 별명이 도덕 선생님이었던 것처럼 아이는 올곧은 행동
과 말만 했다. 불의를 보면 참지 못했고 뉴스를 보고 있으면 한
참이나 흥분해서 떠들어댔다. 조목조목 따지기를 좋아했고 결
론이 날 때까지 물고 늘어졌다.

　아이의 아빠는 논리정연한 성향이 아니다. 농담도 잘하고 장
난도 심한 편이다. 아이가 싫다는 행동을 반복하기도 한다. 그
것이 사랑의 표현이라고 생각하기 때문이다. 아이가 원하는 방
식으로 표현해주면 좋으련만 그게 아마도 큰 어려움인가 보다.
자주 놀리는 아빠 때문에 화내는 아이를 달래기도 하고 남편에

게 놀리지 말라고도 했지만 싸움은 길게 계속되었다. 아빠는 아이를 강하게 만드는 방법이라며 장난을 멈추지 않았다.

하루는 그림 그리기에 빠진 아이를 보며 웃고 있었다. 눈길을 느낀 아이는 고개를 들어 나를 보며 말했다.

"왜 비웃어요?"

나는 적잖이 놀랐다. 비웃다니! 나의 미소는 흐뭇함이었는데 기가 막힐 노릇이었다. 그때 나는 아이의 마음에 상처가 있거나 자존감이 떨어져 있다고 생각했다. 아이에게 물었다.

"엄마의 미소가 비웃는 것으로 느껴진 이유가 뭘까?"

"이유는 모르겠고 그렇게 느껴졌어요."

"그랬구나, 엄마가 너의 그림을 보는 것이 싫었을까?"

"그건 아니에요."

"엄마는 그림에 몰입하는 네 모습이 예뻐서 흐뭇하게 웃고 있었던 거야. 우리 서현이가 엄마의 흐뭇한 미소를 비웃는 것으로 느꼈다니 마음이 아프네. 왜 그렇게 느껴졌는지 한번 생각해 볼 수 있겠니?"

아이는 생각에 빠졌다가 한참 후 말했다.

"저는 제 그림이 완벽해졌을 때 보여주고 싶은 것 같아요. 그림이 잘 안 그려지거나 그리는 과정에서 수정하고 있을 때 다른 사람이 보는 것을 원하지 않아요. 내가 잘 그렸다고 생각된 그림만 보여주고 싶어요. 내 그림이 완벽하지 않아서 엄마가 비웃는다고 생각한 것 같아요. 죄송해요, 엄마."

아이는 다른 것은 몰라도 그림에 있어서는 완벽주의에 가깝다. 완벽주의라기보다는 인정받고 싶어 하는 것 같다. 다른 공부에 있어서는 결과에 연연하지 않는 편인데 유독 그림에 있어서는 스스로 만족해야 하고 다른 사람들에게도 인정을 받고자 한다. 어쩌면 당연한 일인지도 모르겠다.

아이의 성향이 그렇다 보니 언쟁을 할 때도 많다. 그냥 대충 넘어갔으면 좋겠다는 생각도 든다. 그럴 때마다 아이는 말한다.

"엄마 닮아서 그래요."

틀린 말은 아니다. 어릴 적부터 따지기를 좋아하고 불의를 보면 못 참았다. '싸움닭'이라 불릴 만큼 입바른 소리를 하고 다녔다. 친구들은 그런 나를 보고 도덕 선생님이라고 했다.

친구들이 욕하는 것을 무척 싫어해서 남자아이들이 습관처럼 욕을 하는 날이면 뒤통수를 소리 나게 때려주곤 했다. 덕분에 내가 있는 자리에서는 욕지거리하는 친구들이 사라졌다. 자기도 모르게 욕을 했다가도 금방 알아차리고 미안하다고 했다. 지금 생각해 보면 폭력이었는데 웃으며 받아준 친구들이 참 고맙다.

진담과 농담도 잘 구분 못 해서 만우절이면 수많은 거짓말에 속아 넘어갔다. 아주 어렸을 때부터 그랬다. 고3 때는 이런 일도 있었다.

나와 막 친해진 친구에게 삐삐가 와서 전화를 걸었더니 팔을 심하게 다쳤다는 것이다. 가슴이 콩닥콩닥 뛰고 어떻게 해야 할지를 몰라 발만 동동 구르면서 어떻게 하냔 말만 되풀이했다.

결국은 내가 갈 테니 어디냐고 물었고 친구는 괜찮다고 조금 있으면 부모님이 오신다고 했다. 그날 밤 나는 친구가 걱정되어 잠도 제대로 못 자고 다음 날 학교로 갔다.

그런데 어제 통화했던 친구는 멀쩡한 팔을 달고 교실에 나타났다. 나는 친구에게 어떻게 된 거냐고 물었고 친구는 무슨 말을 하냐는 듯 나를 멀뚱멀뚱 바라봤다. 한참이 흐른 뒤 친구는 '아~!' 하는 감탄사를 내뱉으며 그 말을 믿었냐고 했다. 나는 그 정도로 순진했다.

사회생활을 하며 농담도 알아듣고 지금은 유머러스하다는 말도 듣지만 20대 초반까지만 해도 농담과 진담도 구분 못 하는 매우 진지하고 답답한 사람이었다.

그래서 엄마 닮아서 그런다는 아이의 말에 반기를 들 수가 없다. 예전과 내가 많이 달라졌고 유해진 것은 사실이지만 그렇다고 예전 내가 사라진 것은 아니니까. "그래, 네가 엄마 딸인데 안 닮고 배기겠니?" 하고 만다.

내가 달라진 것처럼 아이도 부드러운 성격을 가졌으면 좋겠다. 대충 넘어갈 줄도 알고 상대의 잘못을 눈감아 줄 줄도 아는 유한 사람이 되었으면 좋겠다. 다른 사람을 이겨 먹는 게 결코 좋은 것이 아님을 알았으면 좋겠다.

지금부터라도 매일 보여줘야겠다. 말보다는 행동으로. 아이의 잘못을 눈감아 주는 너그러운 엄마, 보기 싫은 남편의 행동도 웃으면서 받아주는 여유로운 아내의 모습을 보여주어야겠다. 늘 그랬듯이 나를 보며 배울 아이를 위해서.

거리가 필요할 때

———

아이와 나는 늘 함께했다. 아이가 태어난
지 100일 만에 일을 시작했지만, 모유 수유를 했기 때문에 하루
에도 몇 번씩 집으로 돌아와 아이를 만났다. 처음에는 아이와
함께 있을 시간을 확보하기 위해 하루 3시간만 일했다.

나오는 시간이 아이의 낮잠 시간과 겹치는 날이면 아이는 내
가 돌아올 때까지 배고픔을 참아야 했다. 아이가 울기 시작하면
아이 할머니는 얼려놓은 모유를 중탕하여 숟가락으로 떠먹였
다. 나중에는 그마저도 먹지 않고 엄마의 가슴만 찾아댔다.

그렇게 14개월 동안 모유 수유를 했다. 이유식을 만들어 주어

도 아이는 먹지 않았다. 일을 하나씩 늘려가면서 하루에 세 번씩 집으로 돌아가 수유를 했다. 일이 바빠 집으로 가지 못하는 날은 차오른 모유 때문에 고통을 참아가며 일정을 소화했다.

14개월이 지날 무렵 단유를 결심하고 아이와 떨어져 있기로 마음먹었다. 함께 붙어 있으니 단유가 쉽지 않았다. 친정집에 머물며 아이와 거리를 유지했다. 밤중 수유를 했기 때문에 아이는 할머니와 잠을 청하고 나는 따로 잤다.

아이가 우유는 먹지 않아 두유를 먹였는데 의외로 아주 잘 먹었다. 모유를 먹겠다고 나에게 오면 레몬을 발랐다. 아이는 식겁을 하며 달아났다. 신기하게도 이후로 나의 가슴을 찾지 않았다. 거리가 필요했던 거다. 습관적으로 모유를 먹인 탓에 아이는 당연한 듯 나의 가슴을 찾았을 뿐 조금 더 빨리 단유를 시도하고 적극적으로 이유식을 먹였어도 될 일이었다.

단유 과정이 쉽지가 않았다. 덕분에 나는 무척 고생을 했다. 아이는 싱글벙글 웃으며 밥과 두유를 잘만 먹었다. 배신감마저 느껴졌다. 허전하기도 하고 약간의 상실감도 있었던 것 같다.

그렇게 아이와 나는 한 뼘 정도 거리를 두게 되었다.

아이가 5살이 되고 나는 어린이집에서 아이들과 낮시간을 보내게 되었다. 아이도 유치원이 아닌 어린이집에서 7살이 될 때까지 낮시간을 보냈다. 주말이 되면 아이와 함께 주중에 했었던 활동을 중심으로 복습하는 형태의 놀이를 했다. 종이접기와 클레이는 우리 모녀의 놀이 필수품이었다.

아이가 6살이 되었을 때 일이다. 함께 바깥 놀이를 하고 운동을 했다. 저녁 먹을 시간이 되어 아이에게 집으로 들어가자고 했더니 조금 더 놀다 오겠다고 했다. 운동 시설은 아파트 단지 내에 있었고 우리가 사는 동 바로 옆에 있었기 때문에 내려다보면 아이의 모습을 볼 수 있었다. 나는 처음으로 아이가 혼자 노는 것을 허락했다.

30분쯤 지났을까? 저녁 준비를 마치고 밖을 내려다보는데 아이의 모습이 보이지 않았다. 아이의 이름을 불렀지만, 대답도 없었다. 엘리베이터를 기다리는데 19층까지 올라오는 시간이 10년처럼 느껴졌다. 엘리베이터에서 내려 1분도 걸리지 않아,

있던 곳으로 올라갔는데 아이는 있어야 하는 곳에 없었다. 함께 놀았던 아이들에게 물어보니 방금 갔다고 했다. 어디로 갔는지 물었다. 아이들은 그냥 인사만 하고 가서 모르겠다고 말했다. 심장이 빠르게 뛰기 시작했다.

나는 다시 집으로 돌아가기 위해 엘리베이터를 기다렸다. 심장이 터질 것 같았다. 도대체 아이가 어디로 갔을까? 집이 바로 코앞인데 오는 길을 잃어버렸을 리 없고 한 번도 나와 떨어져 어딜 가본 일이 없는 아이인데 도대체 어디로 간 것일까?

눈물이 솟구쳐 올랐다. 그때 손에 쥐고 있던 전화기에서 진동이 느껴졌다. 집 전화번호다. 급하게 전화를 받았다. 아주 해맑은 목소리로 아이가 말했다.

"엄마, 어디에요?"

나는 눈물을 닦으며 큰 숨을 몰아쉬었다. 집으로 올라가 문을 열고 아이를 안았다. 미친 듯 뛰던 심장은 속도를 늦추고 떨리던 손도 움직임을 멈췄을 때 겨우 물었다.

"어디 갔었니?"

"놀다가 집으로 왔는데 엄마가 없었어요. 엄마는 어디 갔다 오셨어요?"

"저녁 준비를 마치고 내려다보니 네가 없었어. 내려가서 아이들한테 물어보니 넌 갔다고 하고. 다시 집으로 돌아오는 길에 네 전화를 받았어. 그런데 왜 너와 난 만나지 못한 거지? 엘리베이터가 하나는 10층에 있었고 하나는 5층에 있어서 내가 기다리고 있었는데."

"엄마, 나는 계단으로 올라왔어요."

세상에! 19층까지 6살 여자아이가 그 짧은 시간에 올라올 수가 있나? 아이는 5살 때부터 태권도에 다녔는데 늘 달리기를 해서 그 정도는 힘들지 않다고 말했다.

나만 아이와 거리를 두지 못하고 있었다. 아이는 벌써 혼자 놀고 제 몸을 스스로 씻고 19층까지 혼자서 올라올 수도 있었다. 어쩌면 나보다 훨씬 강한 아이인지도 모른다고 생각하니 안심이 되었다.

아이는 거칠 것 없이 자신을 표현하기도 했다. 친구 아이 돌잔치에 함께 갔을 때 일이다. 생일 축하 노래를 불러줄 사람이 있으면 나오라고 하는 사회자 말에 망설임 없이 앞으로 나갔다. 아이는 많은 사람이 지켜보는 가운데 춤도 추고 노래도 불렀다. 나의 걱정과는 달리 밝고 건강하게 잘 자라주는 아이가 참 기특했다.

아이가 자라고 초등학생이 되었을 때도 나는 아이와 함께 놀이터에 나갔다. 그즈음 나는 공부방을 운영했는데 하교 후 집으로 돌아오면 다른 아이들과 함께 책을 읽고 수업을 했다. 그리고 내가 수업이 끝날 때까지 책을 읽다가 함께 놀이터에 갔다.

아이에게는 어쩌면 엄마와의 거리가 필요했는지도 모른다. 아니 필요했을 것이다. 그런데 한 번도 말하지 않았다. 아이가 4학년이 되었을 때 이사를 했다. 이사 온 아파트에서는 아이가 낯설어 나가 놀지 않았다. 함께 놀 친구도 없고 나가고 싶지도 않다고 했다. 아이가 6학년이 되고 비로소 아이는 말했다.

"친구들과 함께 놀고 싶어요. 같이 시내도 나가고 싶고요."
아이는 13살이 되어서야 엄마와 거리를 두려고 했고 아이의 마음이 그대로 느껴졌다. 나는 13살 때 나의 모습을 떠올려보았다. 벌써 30년 전이라 기억이 가물거리지만, 친구들과 함께한 몇 가지 기억은 선명하게 남아있다.

13살이 되기 전부터 친구들과 노는 것을 무척 좋아해서 해가 지기 전에 돌아오는 것이 힘들었다. 동네 가까이에서 놀다가 엄마의 부름을 받고 집으로 돌아간 적도 여러 번 있었다. 시대적으로 많이 달라지기는 했지만 10살이 됐을 무렵부터 꽤 많은 아이들과 오랜 시간 밖에서 시간을 보냈던 것으로 기억한다.

요즘 아이들도 대부분이 친구네 집에서 놀고 밖에서 자전거를 타고 시내에 나가 놀 거리를 찾는 등 친구와 함께 시간을 보낸다. 그런데 아이들끼리 시내에 나가 동전 노래방을 간다거나 나도 모르는 놀 거리를 찾아 돌아다니는 것이 나는 걱정스러웠다. 내가 스무 살이 되면서 시작한 일을 아이들은 13살에 하고 있다. 그것보다 더 놀라운 것은 어떤 아이들은 훨씬 더 어렸을 때부터 그렇게 놀았다는 것이고 한 번 나갈 때마다 3만 원을 쓰고 돌아온다는 것이다. 엄마들 모임에 한 번씩 나가봐도 그것이 고민이라고 이야기했다. 엄마들 대부분이 최소 2만 원은 주고 내보낸다고 하고 그 이상을 요구하는 경우가 태반이란다. 돈만 주면 된다고 생각하는 아이들도 적지 않다는 것이 문제다.

이런 문제로 나는 아이가 조금 더 천천히 거리를 두었으면 좋겠다고 생각했었다. 하지만 이제 거리 두기가 필요한 시기가 온 것 같다. 그래서 나는 아이에게 성인식을 하자고 제안했다. 아이는 유대인처럼 돈을 받는 것이 아니라면 준비해 보겠다고 했다. 그렇게 아이는 한 걸음씩 물러나며 엄마와의 거리 두기를 준비하고 있다.

내 몸을 빌려 세상에 온 신(神)

———

아이가 내게 왔음을 느꼈을 때 나는 기쁘고 두려웠다. 아이가 와서 기뻤고 내가 아이에게 내 모든 것을 줄까 봐 두려웠다. 아니, 아이가 내 소유라고 착각할까 봐 두려웠고 아이와 내가 하나라고 생각할까 봐 두려웠다.

아이와 태담을 나눌 때면 항상 이야기했다.

"아가야, 너는 내 몸을 빌려 세상에 오는 거니 나는 잠깐 너에게 내 자궁을 빌려주는 거야. 네가 세상에 나오면 너는 혼자 살아갈 힘이 없으니 내가 먹여주고 재워주고 가르쳐 줄게."

나는 자주 아이가 세상에 나와 6개월 즈음 지났을 때를 상상했다. 거실 측면에 기대어 앉아 손을 뻗어 바닥에 무언가를 잡으려고 하는 모습 혹은 웃고 있는 얼굴을.

그 모습을 보면서 나는 다짐했다.

'저 아이는 내 아이가 아니라 내가 가장 존경하는 분이 잠시 맡긴 아이다. 잘 키우자, 잘 기르자.'

나는 어려서부터 안 그런 척했지만 외로움을 많이 느꼈다. 친구를 사귀게 되면 내 모든 걸 다 걸었다. 내가 가진 모든 것을 이용해 친구를 기쁘게 해주고 싶어 했다. 내 시간을 친구를 위해 쓰는 것은 물론이고 친구가 생일을 맞이하면 몇 시간이 걸리건 상관없이 직접 만들거나 그 친구가 좋아하는 것을 찾아 주고자 했다. 그리고 많은 시간을 함께 보냈다. 그러니 상처도 많이 받았다.

스무 살이 되고 친구들이 이성과 시간을 보낼 때면 나는 더 외로워했다. 친구들은 당연히 애인과 시간을 보내고 싶어 하고 나는 그런 친구에게 서운함을 느꼈다. 물론 나도 남자친구를 사귀었다. 그러나 애인과 함께 있다가도 친구들에게 전화가 오면 두말없이 그쪽으로 갔다.

나의 그런 성향을 어떻게 딱 부러지게 설명할 수는 없다. 확실한 건 내가 아이를 가지고 두렵기 시작한 이유와 연결된다는 것이다. 친구 관계에서도 그러한데 아이가 생기면, 덜하지 않을 것이 분명했기 때문이다. 친구를 기쁘게 해주기 위해서 내가 가진 모든 재능과 시간을 쓰는데 아이가 생기면 나는 어떻게 할까, 그 아이를 위해서.

아이는 힘이 없고 내가 없으면 죽을 수도 있는 약한 생명이다. 내가 어떻게 하느냐에 따라 아이의 미래가 달라진다 생각하니 책임감이 커지고 두려움도 생겼다. 사회복지학을 공부하고 보육교사 자격을 취득하는 과정에서 아이를 기르는 것에 대한 부담은 조금씩 덜어낼 수 있었다. 수많은 예가 있었고 아이의 생애 주기에 대해 이해할 수 있었기 때문이다. 잘 기를 수 있을 것 같다는 자신감도 생겼다.

태중에 아이와 함께 공부하면서 아이에 대한 집착과 부담감을 내려놓기 위한 연습도 꾸준히 했다. 상상하고 다짐하고 확언했다. 이 아이는 내 것이 아니고 나는 아이가 스스로 자신을 책임질 수 있을 때까지 도와주는 사람이다. 이 아이는 내가 가장 존경하는 분의 자녀이다. 존중하고 배려하며 보살피자.

나 나름의 방식으로 아이는 독립된 하나의 인격체이고 내 마음대로 좌지우지할 수 있는 존재가 아니며 내 자궁을 빌려 세상에 온 신과 같은 존재라는 것을 스스로 각인시켰다. 나의 이 연습은 지금도 이어지고 있다.

내가 살아온 길이 비포장도로여서 아이는 그런 삶을 살지 않길 바란다. 앞으로 세상이 어떻게 달라질지 모르지만, 세상이 만들어 놓은 잣대로 아이를 끼워 맞출 생각은 추호도 없다. 대한민국에 태어나서 초, 중, 고등학교에서 공부하고 대학에 가기 위해 경쟁하는 삶을 사는 대부분의 아이들과 같은 방식으로 살길 바라지 않는다.

나는 아이가 원하는 삶을 살길 바란다. 아이가 좋아하는 일이 사회에 공헌하고 다른 사람에게 도움을 주는 일이면 더 좋겠다. 아이가 행복한 일이 세상을 행복하게 하는 일이면 더이상 바랄 것이 없다. 그런 아이로 키우고 싶다. 하지만 이것이 나의 욕심이라면 그조차도 내려놓을 것이다.

아이는 행복하게 살기 위해 태어났다. 단지 내 몸을 잠시 빌렸을 뿐 아이의 인생을 좌지우지할 자격이 내겐 없다. 세상을 살아가는 여러 길을 알려주고 선택은 아이에게 맡기면 그뿐이다. 아이가 바르지 못한 길을 선택하지 않도록 엄마의 경험을 이야기해 줄 수는 있지만, 선택은 아이의 몫이어야 한다. 아이의 인생이니까.

다시 한번 다짐해본다. 아이는 내 몸을 빌려 세상에 온 신이다. 내 마음대로 좌지우지할 수 없다. 아이는 세상을 올바르고 행복하게 살아갈 힘을 이미 가지고 태어난다. 나는 다만 그런 세상이 이미 있음을 보여주는 것뿐. 아이가 세상에 올 때 가지고 왔던 힘과 진실을 꺼낼 수 있도록 마중물 역할만 할 뿐이다.

Hasse's license childcare

부록

엄마와 함께 하는
체험논술

자격증 모음

1. 재연논술

1) 빈 칸을 채워 보세요.

보기	행복이 **노란색 바지를 입은 예쁜 친구의** 머리에 내립니다.

행복이 _____ 머리에 내립니다.

행복이 _____ 손에 내립니다.

행복이 _____ 다리에 내립니다.

행복이 _____ 의 _____ 에 내립니다.

〈행복이 내려앉은 친구를 그려 봅니다.〉

2) 표정 그리고 연상하기

〈1〉 웃는 모습 그리기	〈2〉 화난 모습 그리기

〈1〉번 표정을 보면 무엇이 생각나나요?

_____

_____

_____

〈2〉번 표정을 보면 무엇이 생각나나요?

_____

_____

_____

3) 일화 정하기

<기억나는 장면 그리기>

기억나는 단어 혹은 문장 :

_____

_____

줄거리 :

_____

_____

_____

_____

제목 정하기 :

_____

4) 희곡 쓰기

① 제목 :

② 작가 :

③ 등장인물 : 이름   (역 :   )

〈제 1막 – 1장〉

① 배경 :

② (지문) 및 대사

_____ : _____

_____ : _____

_____ : _____

_____ : _____

_____ : _____

_____ : _____

_____ : _____

_____ : _____

_____ : _____

5) 재연하기

▶ 역할 정하기 – 연습 – 재연

① 사건 재연 후 느낀 점 :

_____

_____

_____

_____

_____

② 관람 후 느낀 점 :

_____

_____

_____

_____

_____

6) 이야기 속 이야기 거리(원탁토의)

① 원탁토의 주제 :

② 나의 의견 :

③ 다른 사람의 의견 정리 :

④ 해결 방안 모색 :

⑤ 결론 :

(5) 우리 집 원탁토의

① 주제 :

② 나의 의견 :

③ 해결 방안 모색 :

④ 가족과 함께 해결 방안 모색하기 :

7) 논술하기

1. 논제 :

2. 주장 :

3. 근거 : ①

②

③

4. 논술하기

2. 진로 논술

1) 직업의 이해

※ 직업 : 생계를 유지하기 위하여 자신의 적성과 능력에 따라 일정한 기간 동안 계속하여 종사하는일.

떠오르는 것을 쓰거나 그리세요. 상담사 : 서로 의논하여 문제를 해결할 수 있도록 도와주거나 궁금증을 풀어 주는 일을 전문으로 하는 사람.	①심리상담사 : 아동 문제, 청소년 문제, 성인 문제, 직장 문제, 노인 문제 따위와 관련된 심리적인 문제를 해결할 수 있도록 조언해 주는 일을 전문으로 하는 사람 ②청소년상담사 : 청소년 문제와 관련하여 청소년에게 문제를 해결할 수 있도록 조언해 주는 일을 전문으로 하는 사람. ③가정복지상담사 : 가정의 해체문제를 예방하고 해결하기 위한 제반조치와 가족의 부양. 육성. 양육. 보호. 교육 등 국가의 건강가정정책에 일조하고 가정문화새활을 발전시키며 양성평등에 입각한 가정문제의 해소에 도움을 주는 전문가를 일컫는다.

▶ **상담사로서 일하며 가장 보람을 느끼는 순간을 언제일까요?**

_____

_____

_____

_____

_____

▶ 각 분야에서 활약하는 운동선수에 대해 아래 빈 칸을 채우시오.

떠오르는 것을 쓰거나 그리세요.	①축구선수 : ②피겨스케이팅선수 : ③수영선수 : ④ ⑤ ⑥ ⑦
운동선수 : 운동 경기에 뛰어난 재주가 있거나 전문적으로 운동을 하는 사람	

떠오르는 것을 쓰거나 그리세요.	①작곡가 : 작곡에 정통하여 전문적인 기술을 가지고 음악 창작에 종사하는 사람. ②지휘자 : 합창이나 합주 따위에서, 노래나 연주를 앞에서 조화롭게 이끄는 사람. ③연주가 : 연주를 잘하거나 그것을 전문적으로 하는 사람. ④성악가 : 성악을 전문적으로 하는 음악가.
음악가 : 음악을 전문으로 하는 사람.	

▶ 자신이 관심 있는 분야에 대해 이유와 함께 구체적으로 서술하시오.

_____

_____

_____

_____

2) 직업 탐색

▶ 세상에는 많은 직업이 있습니다. 자신이 관심 있는 3가지 분야에
대해 설명해 보세요.

3) 직업 선택

▶ 자신의 꿈과 열정을 담아 일하고 싶은 한 분야를 선택하여 자세히
설명해 보세요.

※ _____ :	

4) 과정과 교육

▶ **자신이 선택한 분야에서 일하기 위해서는 어떤 과정을 거쳐야 할까요?**

과정	교육

5) 목표 세우기

▶ **최종 목표를 선언문 형식으로 써 보아요.**

6) 계획 세우기

▶ 20년 후의 꿈을 이룬 자신의 모습을 떠올리며 구체적으로 목표를
세워 봅시다.

20년 (년 세)	10년 (년 세)	5년 (년 세)	3년 (년 세)	1년 (년 세)

▶ 나의 꿈을 이루기 위해 지금 당장 시작해야 할 일을 정리해 봅시다.

지금(년 세) 당장 시작해야 할 일!				

3. 음악 논술

1) 자신이 좋아하는 노래를 정하여 논제를 발췌한다.

〈예시1〉 ♪ Doc와 함께 춤을 ♪

"젓가락질 잘해야만 밥을 먹나요. 잘못해도 서툴러도 밥 잘 먹어요!"

–젓가락질은 편한대로 해도 된다.–

〈예시2〉 ♪ **여름이야기** ♪

"나도 울고 하늘도 울고 아∼ 슬프다!"

–하늘이 우는 이유를 논리적으로 서술하시오.–

노래 제목 :
_____
가사 :
_____
논제 :
_____

2) 논술하기

_____
_____
_____
_____
_____
_____

자격증 모음

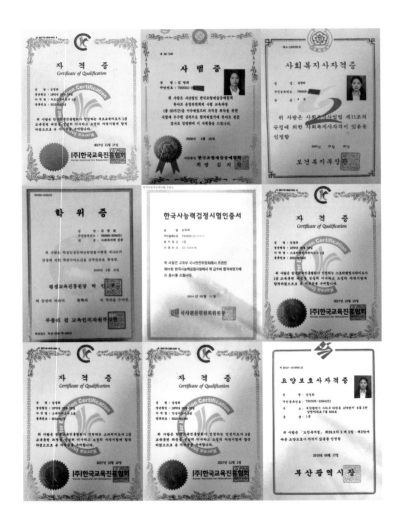

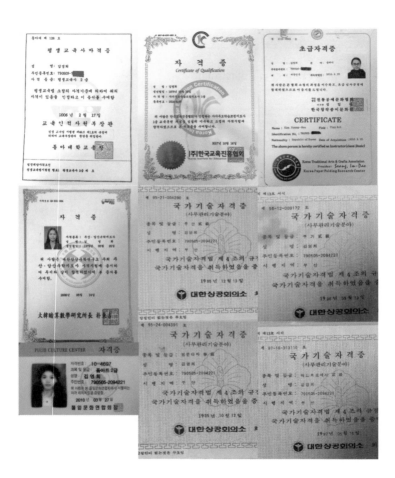

육아하면서 자기 계발을 한다는 것은 설레는 일이다

육아하면서 자기 계발에 성공하기란 결코 쉽지 않다. 그런데 참 우스운 것은 그 쉽지 않다고 생각하는 자체가 그것을 어렵게 만드는 유일한 원인이라는 것이다. 우리가 옳다고 생각하는 신념이 과연 진실인가 생각해 볼 필요가 있다.

나는 잘못된 신념 때문에 일찍 다음 생으로 건너갈 뻔했다. 나만 없어지면 문제가 해결될 것 같았고 그 생각이 유일한 진실인 것 같이 느껴졌다. 그런데 누가 봐도 그것이 옳은 생각이던가? 절대로 아니다. 나는 살아야 했고 살아낼 수 있었다.

엄마들이 생각을 바꾸었으면 좋겠다. 아니 생각을 누가 만들어 내고 있는지 생각해봐야 한다. 육아하면서 자기 계발하는 것이 진실로 힘이 드는가? 나는 아이를 혼자 키우면서도 해냈다. 백도 없고 돈이 없어도 해냈다. 죽고 싶은 순간에도 배움의 끈을 놓지 않았다.

진짜 배움은 지금부터다. 나를 알아가는 시간이 남아 있으니까. 나를 알고 그래서 어떻게 살아야 할지를 결정하고 나면 아무것도 문제가 되지 않는다. 내 세상은 내가 만들면 되는 거니까. 그리고 또 하나, 내 세상에 문을 활짝 열고 나를 보여주는 일이 남아 있다. 누군가는 공감할 것이고 다른 누군가는 그렇지 않을 것이다. 그 또한 세상을 배우는 길이라 믿는다.

아무도 나를 흔들어 놓지 못한다. 아이라 할지라도 절대 흔들리지 말아야 할 일이다. 이유는 충분하다. 내가 그것을 원하지 않으니까. 내가 행복해야 아이도 행복하고 내가 오늘을 뜻깊은 날로 만들 때 아이도 그런 하루를 보낼 것이다. 내가 화를 내면 아이도 화가 나고 내가 슬프면 아이도 슬프다. 내가 늘 fell good일 때 내 아이도 웃는다.

첫아이를 낳은지 딱 10년만에 둘째 아이가 태어났다. 앞으로 어떤 것을 더 배울지 기대된다. 시대가 달라졌으니 좀 다르게 키워볼까 한다. 아이를 기르면서 또 어떤 것을 배우게 될지 무척 설렌다. 시대도 달라졌지만 첫째와 둘째는 참으로 다르다. 어렸을 때 사진을 나란히 놓고 보면 생김새는 무척 비슷하지만, 기질과 성격이 어찌나 다른지 놀라울 정도다.

세 돌이 아직 되지 않은 둘째 아이, 이제 또 시작이다. 나를 성장시킬 기회가 또 한 번 찾아온 것이다. 자기 계발하기 딱 좋은 나이, 마흔둘! 나는 지금 소름이 돋을 정도로 설렌다. 죽어가던 나를 살린 육아! 그리고 배움, 그때 해낸 것과는 비교도 할 수 없을 만큼 크게 성장할 것을 믿는다.

시대가 달라졌고 무엇보다 내 마음이 달라졌다. 그때는 지하 20층에서 시작했다면 지금은 지상 1층이지 않은가! 두려울 것은 없다. 육아도 자기 계발도 신나게 해낼 수 있다. 둘째가 14살이 되었을 때는 조금 더 업그레이드된 삶을 살고 있을 것이다.

핫세 언니의 자격증 육아
실천편 차례

더로드
The Road Books

핫세 어니의 자격증 육아[실천편] | 저자 김영희 | 120쪽 | 4×6배판 변형 | 컬러 | 값14,800원